U0104205

語文教學叢書

國語文學習新思考

余崇生　主編

陳序

當社會日漸進步開放，人與人之間的交往自然也越來越廣泛，而其中促使變遷與革新的應該是一股不可忽視的經驗及知識的力量，而這股力量的蓄積可說是由平時不斷的閱讀、凝聚智慧提昇個人心智而來。

我們從二〇〇六年國際閱讀素養調查（PISA）中得知，當時我們在四十五個參與國家中，排名為二十二，而我們的孩子每天，或幾乎每天閱讀的比例只有24%，低於國際平均值40%，從這個數據上來看，我們的孩子明顯並沒有養成閱讀的習慣，也沒有享受所謂的閱讀的樂趣，看到這些報告，當然是教人感到憂心的。

站在語文學習的立場，尤其是對國語閱讀及能力培養方面，我們自然責無旁貸，於是我們開始思考，在訊息萬變，知識如潮水般迎面而來的當今，如何規畫出一條通往美好未來之路——閱讀。

讓孩子親近閱讀，而產生興趣，逐漸增進其語文之基本能力。以鄰國的日本為例，他們大力強調閱讀是教育的基礎，政府深深體認，下一代閱讀與否，攸關國家未來，提倡兒童閱讀風氣，成立國際兒童圖書館，讓孩子快樂閱讀，從中孕育未來的人生夢想與希望。

除此之外，英國在閱讀年時，教育部長布朗奇（David Blunkett）也曾指出：

> 每當我們翻開書頁，等於開啟了一扇通往世界的窗，閱讀是各種學習的基石，在我們所做的事情中，最能解放我們的心靈的，莫過於學習閱讀。

反觀在今天電視、電玩和網路所形成的聲光迷幻世界中，孩子與平面媒體書本的距離已越來越遠，更談不到對閱讀產生興趣了。

我們知道，在世界各國的教育改革中，無不把閱讀風氣的推廣列為努力的重點，紛紛發起全國閱讀年的活動，打造良好，快樂的閱讀環境，例如送書到學校、捐書活動、增加中小學閱讀課程，讓小學老師輔導學童識字、閱讀與寫作的興趣，其實這就是所謂的閱讀開啟學習潛能的基點所在。至於開啟學習潛能方面的活動，在台灣最早的應算是信誼基金會，該基金會出版有《學前教育特例》，它是屬於親職教育的專門教育性質的雜誌，其次是小魯出版，出版了不少童書，推廣兒童閱讀與人文素養等等，其實對小學教育的推展，民間的努力和貢獻，是值得關注的。

再而，除了打造閱讀學習花園外，必須注意到閱讀後的昇化問題，也就是從閱讀到創作的轉進，我們知道閱讀習慣的養成，對一位小學生來說是極為重要的，它不僅可以引發學習興趣，更可培養公民主動學習及終生學習的精神，為日後在知識經濟的競賽中打樁立基。

具體而言，閱讀是從文意上掌握意境及鑑賞，這應該是屬於第一個層次，然到深層理解後，它應該深入到知識的邏輯思惟上去思索，就是所謂的辭章結構組織第二個層次。閱讀理解，語文能力的增進，辭章思惟結構，其實都是環環相扣，其互為之間的關係，或可以下圖來表示：

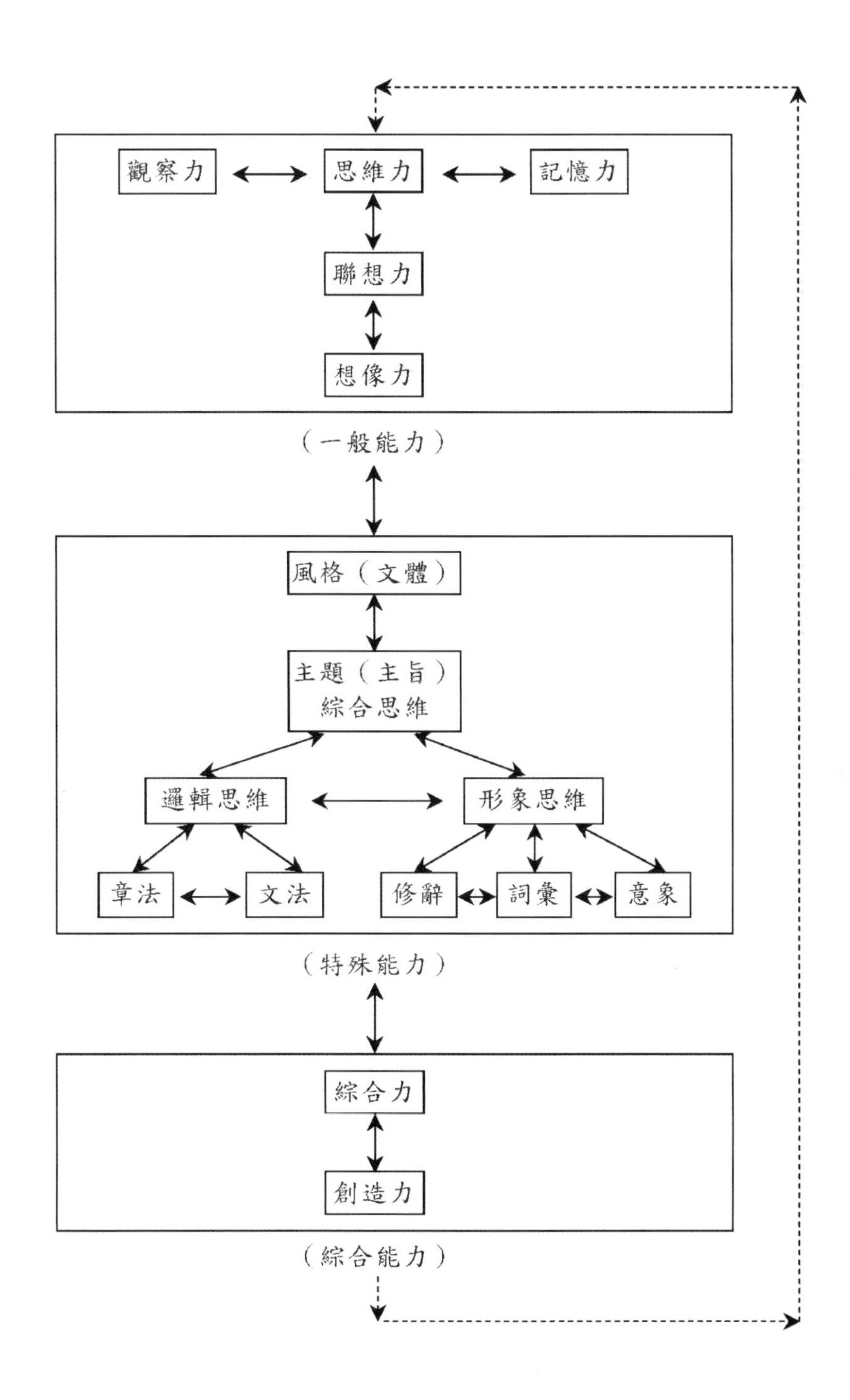

觀察力
思維力
記憶力
聯想力
想像力
（一般能力）
風格（文體）
主題（主旨）
綜合思維
邏輯思維
形象思維
章法
文法
修辭
詞彙
意象
（特殊能力）
綜合力
創造力
（綜合能力）

閱讀與語文能力，在學習過程中，所呈現的是一種層層互動，循環提升的綜合現象。

《國語文學習新思考》由余崇生老師主編，該書的文章分別由十一位中文系及國高中相關領域的老師針對語文閱讀及教學提出個人心得經驗的一本專書，這些文章都在《國文天地》雜誌刊載過，頗受大家歡迎，現結集出版，提供分享大家，是為序。

陳瑞銘

2016年8月19日

目次

閱讀與理解

華語文文化

閱讀與教學

〈楚人養狙〉教學實踐省思

丁美雪*

十二年國教實施後，教學演示已蔚然成風。藉由教學演示，讓同樣的一篇文本，在不同教學者的示範教學，產生了教學碰撞，使得觀察者得以反思教學內容、風格的異同，並從中思索、探求最適合自我的教學模式。本文以教學者的角度，在教學過程中以圖像的方式統整文本並進行提問思考，希冀由教學者的教學模式，提供教師進行教學的參考。

一　課程設計背景

筆者以二〇一三年TED Prize 大獎得主Sugata Mitra 指出三項最核心的能力，作為此課教學活動的設計背景。

（一）未來世界的核心能力

過去教師的備課，過度依賴教師備課用書，過度相信學生的學習完全來自教師。過度仁慈相信考試要考字的形、音、義，如果沒有考，學生拿不到所謂的基本分數。但是，面對未來的挑戰，教師應該

* 教育部國語文課程諮詢輔導教師　高雄市旗山國中教師；國立高雄師範大學博士候選人。

教給學生哪種核心的概念而有助於他面對未來的高度競爭？《未來教育Future Learning》給了我們答案。片中提到：面對未來，學生們應具備哪些關鍵能力？二〇一三年TED Prize 大獎得主Sugata Mitra 指出了三項最核心的能力：

> ……一個現在五歲的孩子，他在二十五歲之時已經是二〇三一年，有哪一個老師敢說，他們的教育能讓孩子在二〇三一年，在一個未知的世界中生存？不過我篤信我可以給教師們設計一項只教授三樣技能的課程。閱讀理解：對於一生要從銀幕獲取訊息的一代來說，這是眼下最為關鍵的技能。訊息檢索，不管有沒有鍊結，都要能找到關鍵詞，這至關重要，如果說算數已然過時，那麼訊息檢索就勢必會取代它。最後，如果一個孩子知道如何閱讀，知道如何搜索訊息，那我們該如何教他們相信什麼，在每個成年人的頭腦裡都有一套機制，來源各不相同，對於如何去相信，你我機制不同。有時我們說，這是顯然的；有時我們說，因為某某人士這麼告訴我的；有時我們說，這毫無意義。其內在機制是什麼？我們要在孩子多大的時候，為他們建構這種機制？如果我們很早就這麼做，這個孩子就會具備與教條抗衡的能力，我指的不僅是宗教信仰，而是所有形式的教條。我認為作為教育者，作為在訊息飽和的世界中，從事最重要工作的人，就是要讓孩子具備與教條抗衡的能力，就像從前我們教孩子，如何用劍戰鬥、如何騎馬一樣。（影片中提到電玩，讓學習者在與電玩互動過程中解決問題，也不知不覺地吸收學習、而算數是即將落伍的技能。三十年後最重要的知識是什麼？片中英國新堡大學教授蘇伽特・米特拉

（Sugata Mitra）、可汗學院（Khan Academy）創辦人薩爾曼可汗（Salman Khan）等教育革命者，集體預言屬於未來的教育模式，徹底翻轉我們對於知識與技能、學習與教導、學生與教師的關係與定義。來源：https://www.youtube.com/watch?v=sQcwRGTW5mw）

依據Sugata Mitra所言：未來世界中算數的能力或許將和三百年前的人們堅信學生一定要學騎馬、射箭一樣，可能都會變成後來的運動項目。因此，教師必須思索教什麼，讓學生在成年之後，在未來的世界中，依然可以應用。Sugata Mitra提出建議：學生該習得的能力有三，分別是閱讀理解、訊息檢索、具備與教條抗衡的能力。這三種能力類同於國際閱讀評比Pisa中的閱讀歷程。

（二）經典文學的古今鍊結

如何經由教學的過程中該如何導入這三個要素，讓學生主動學習，有效率的學習，培養其批判思考的能力？筆者以為：文本的深入分析絕對不可以少。透過文本深入的探索，無論是文本的結構、內容，亦或是形式，將其所以形成經典文學的原因，經由探索、分析、比較、應用，讓學生體會何謂經典。此外，就古典文學而言，作者的年代與學生所處的現代已經是相隔幾千年的遙遠距離，在時代意義的鍊結上，學生如何與作者產生共鳴，如何體會作者所感？再就現代文學而言，即使距離沒有那麼遙遠，但是學生生活背景與生活經驗歷練的差異，同樣會產生與文本的隔閡。因此，如何將學生與作者這條虛迷的線拉起來，端看教師的文本分析與教學設計。

對於文本的解析如何深入淺出，教學過程何時該繁，何時又該簡，在加與減法中教師必須考量如何讓學生學到最大的效益，即有效教學的部分。而在教學過程中，教師不應說得太多、教得太滿，應要導引出學生的知識求知慾。此時，學生所學到的除了帶得走的能力外，更可以轉化成為樂在學習與解決問題的閱讀素養。

二　教學歷程

筆者此次教學演示的歷程分為以下兩點：

（一）選用文本與教學目標

身為一位教師，以四十分鐘完整地演示一個教學主題，時間安排有困難而不夠用。考量完整呈現筆者的教學概念，最終讀者選定文言文〈楚人養狙〉，希望文言文濃縮的字詞，能省略筆者講解字音、字形、字義部分的時間，筆者並且希望學生在學習前的活動能事先預習文本，大略瞭解此篇的白話文意義，以利後續的教學工作。

筆者在此課設定的教學目標為——寓言理解。筆者希望藉由提問引導學生思考，並且繼續追問，以期學生能通徹地瞭解寓言背後的真義，且能進一步區辨寓言與成語之間的差異。

（二）教學歷程中提問設計

以下僅就〈楚人養狙〉中幾個重大情節進行結構圖分析，並由提問單的設計架構全文，希冀讓學生進入思考的高坡。

1　圖像思考

筆者希望藉由這五個分層的結構圖，讓學生逐次地體會瞭解文本的表層與深層意涵，在眾狙社會與現今的群眾社會的隱喻思考，藉由圖像比較產生連結——「群狙」社會與「群居」社會，並進一步思索

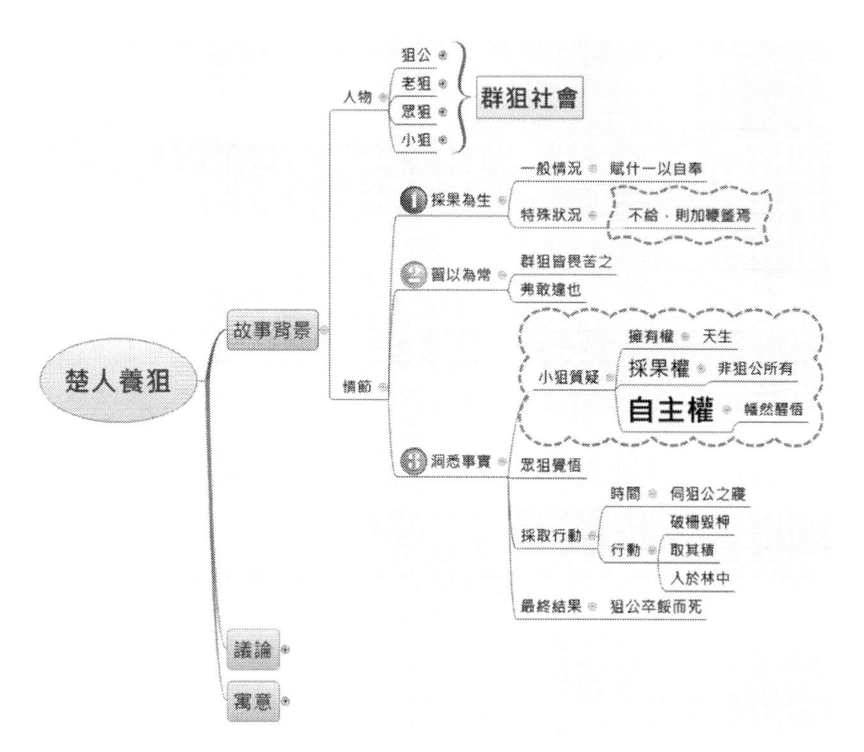

圖一　故事情節——群狙社會

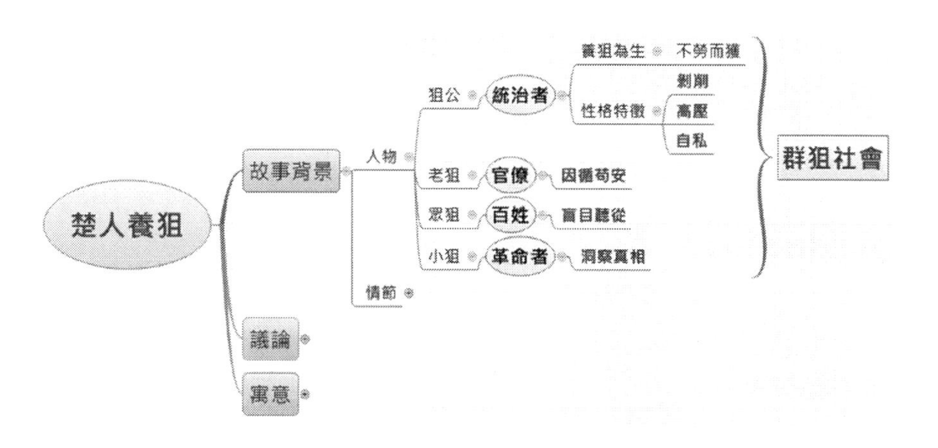

圖二　群狙社會角色的社會象徵

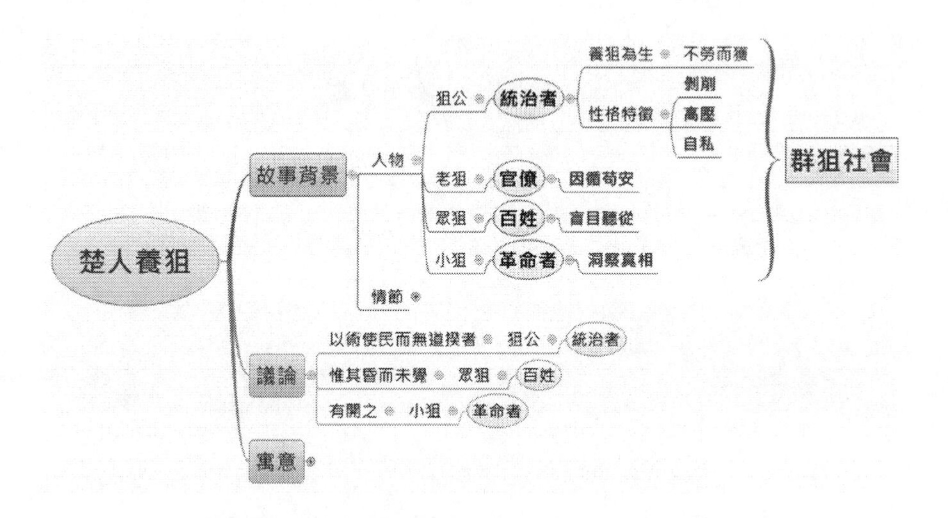

圖三　群狙社會與現實社會的隱喻象徵

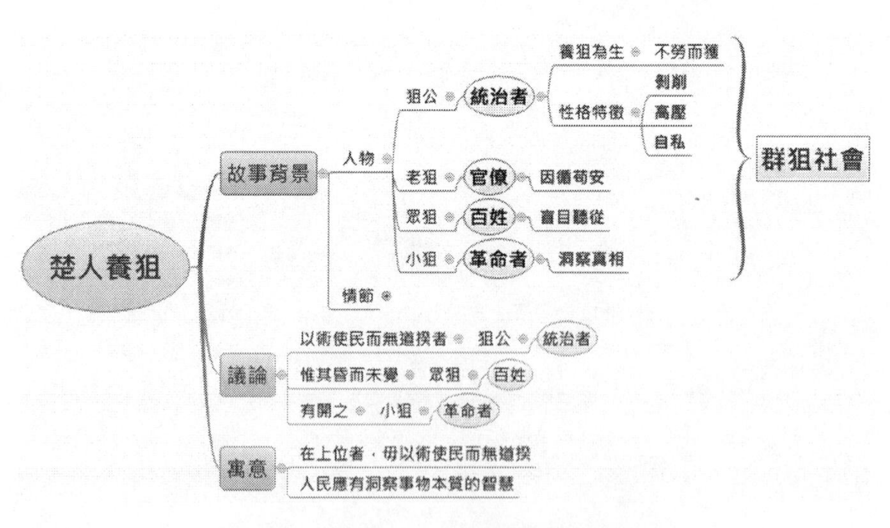

圖四　寓意——文章的隱藏意涵

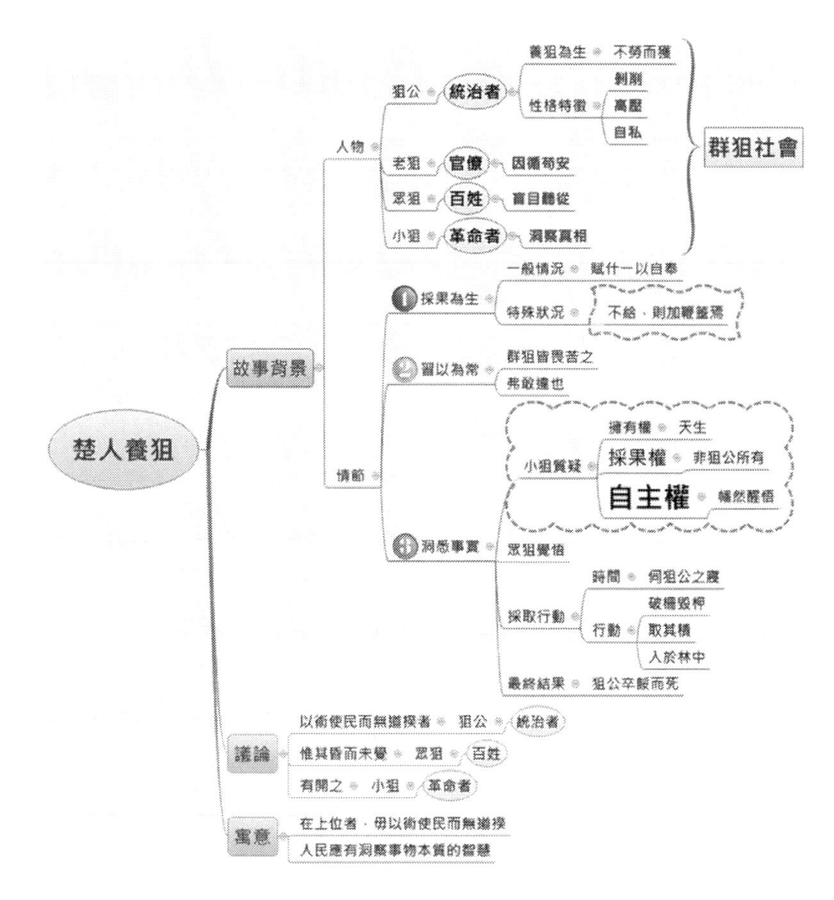

圖五　全文結構圖

作者舉群狙故事的寫作目的為何。（見圖一至五）

2　提問設計

筆者在此依據文本，做文本的提問設計如下。希望藉由提問的設計引導學生進行深度的思考，在閱讀歷程中，除了擷取訊息、統整解釋外，並進入省思與評鑑的層次。

（1）請以簡短的言語概括故事中眾角色的行為。

小狙	眾狙	狙公	老狙
現實分析 提出質疑	因循故舊 受人鼓動	作法自斃 卒餒而死	發好施令 沒有作為

（2）請就本文舉出：「誰是故事中的關鍵人物？小狙？狙公？」並就文本提出具體證據說明。

關鍵人物（請圈選）	說明理由
小狙 狙公	

（3）郁離子贊成「以術使民」嗎？請就文本提出具體證據說明。

（請圈選）	說明理由
贊成 不贊成	

（4）換個角度思考：若立場不同，劉基會傾向哪種施政方法？

角色觀點	施政方法	流派
人民	仁政	儒家
謀士	權術	法家

（5）書中「群狙社會」與現實中的群居社會兩者角色的隱喻對象與性格概念為何？

角色	書中情節（具體行為）	隱喻對象	性格（抽象概念）
狙公	養狙為生 1.賦什一以自奉 2.或不給，則鞭箠	統治者	剝削 高壓 自私
老狙	率眾狙以之山中	官僚	因循苟安
眾狙	皆畏苦之，弗敢違也	百姓	盲目聽從
小狙	提出質疑	革命者	洞察真相

（6）郁離子的言論將文本中的「群狙社會」與作者隱喻人類的「群居社會」產生關連，兩者相連的抽象概念為何？

郁離子議論	抽象概念	群狙社會文本說明
以術使民而無道揆者	剝削、壓迫	賦什一以自奉； 或不給，則加鞭箠焉
惟其昏而未覺也	民智未開	群狙皆畏苦之， 弗敢違也
一旦有開之	智者啟發 人民覺悟	小狙
其術窮矣	集體反抗 暴政必亡	狙公卒餒而死

（7）假如你是狙公，你該如何做，眾狙才不會離開？

理由

（8）「一飯千金」、「識途老馬」是寓言故事嗎？請說明理由。

（請圈選）	說明理由
認同 不認同	

（9）寓言的特色：請完成下列表格。

寓言	題材人物特性	寓意
鷸蚌相爭	爭權奪利	兩者相爭，第三者得利
亡鈇意鄰	囿於成見，無法客觀	先入為主，造成認知偏差
楚人養狙	苛政	在上位者，宜仁政愛民

三　教學省思

藉由這次的教學，筆者有以下的看法。

（一）學生上課反應

當寓言〈楚人養狙〉的課程告一段落時，筆者想要確認學生是否真正瞭解寓言真義？是否知道如何區分寓言與成語？筆者以網路圖片資訊追問學生：「『一飯千金』、『識途老馬』是寓言故事嗎」？（「一飯千金」與「識途老馬」網路訊息將之分類為——寓言故事。筆者在此直接顯示網路資料，希望啟動學生批判思考——分清寓言與成語的不同之處。、一飯千金圖片資料來自：http://edu.ocac.gov.tw/biweekly/animation3/437_d3/index.htm、識途老馬圖片資料來自：http://edu.ocac.gov.tw/biweekly/animation3/449_d3/index.htm）

筆者發現：將網路訊息以轉貼畫面的方式呈現給學生看，並要求學生針對此畫面提出想法與意見。學生不容易對畫面所呈現的訊息產生質疑與反對。筆者試圖以引導的方式讓學生思索：寓言的本質為何？「一飯千金」、「識途老馬」有隱含的意義？亦或是有「言在此，意在彼」的作用嗎？筆者藉此想要轉達給學生知曉：網路的訊息不一定正確，所有知識都需要讀者的再次思考與判讀！

區辨生活中無所不在資訊的正確與否，是學生該習得且重要的課題！這攸關於生活在這瞬息萬變、資訊充斥的社會中透過思辨的模式找到正確的資訊，而避免人云亦云！

（二）課程留白實施

筆者在此次的教學演示中感受到：學生擷取訊息與統整的的能力都不錯，但是屬於「省思評鑑」的提問較無反應。需要學生創意推論

（例如：當小狙鼓動眾狙反抗狙公不合理對待，眾狙也採取行動，最終——「取其積，相攜而入于林中不復歸……」時。請你試著推論，故事後續將會如何演變？）與批判推論（「一飯千金」、「識途老馬」是寓言故事嗎？）的部分也無法侃侃而談，這的確是教育現場上值得注意與深思的部分！屬於「省思評鑑」的部分，學生能力的確沒有被帶出來！教學到底有沒有方法可以經由思考、方法、技巧、策略的轉移，讓學生學到最關鍵的能力？這值得我們教師群思考！

過去老師幫學生找重點，畫重點，統整知識概念，學生再抄寫；現在是否該讓學生找出重點，找出關鍵字，找出思考脈絡。其實，教學現場上，教師最需要耐心，留與空白時間讓學生思考，不能再過度地擔心：教師沒有補充，學生就沒辦法學到知識。身為教師的我們，應該適度放手，讓學生主動探索與討論學習。教師的角色應該轉變，引領學生進入思考的殿堂，延伸拓展學生的思考力與創造力！

（三）教學演示目的

此次的教學交流主要是透過說課、評課、觀課，希望可以達到教學典範的轉移。但教學典範如何轉移？教學演示的重點要放在讓學生完全聽懂，教會比教完重要？還是將教學歷程完整示範？

若從觀課者角度思考：觀課者既希望可以完整看完教師的教學歷程，又可以知道老師如何引導學生，使學生理解。因此如何將兩者平衡而巧妙地設計一堂課，需要演示者反覆地琢磨思考與推演。

以筆者此次課程設計為例，為了讓教學歷程完整地呈現，筆者設計的提問較多而無法讓學生充分地思考，這是筆者應該改進之處。筆者認為未來教學演示時間可以再斟酌，不一定只限於一節課。

教師也可以藉由教學演示活動反思自己的教學。當形成一股風潮，教師開始思考與討論課程，從備課到觀課再到評課，反覆討論。

改變、調整再修正、調整，教師的教學方式也就跟著變動！

四　附件

教學項目	閱讀教學	教學年級	國中三年級
教材來源	南一出版社〈楚人養狙〉 作者：劉基	設計者	高雄市旗山國中 丁美雪老師
設計理念	以提問的方式引導學生思考，以期瞭解寓言背後的真義		
教學目標	寓言理解	時間	教學資源
	壹、準備活動 一、教師部分 （一）蒐集劉基與〈楚人養狙〉的相關資料 （二）寓言的由來、寓意 二、學生部分 （一）學生預習或複習先前讀過的寓言故事 （二）先概略理解〈楚人養狙〉的白話文意 貳、發展活動 一、引起動機：舊經驗的提取		
能掌握關鍵字句，增進對文本的理解	二、活動一：關鍵字句的掌握	5	
	（一）第一段：對故事背景的瞭解	10	
	（二）第二段：理解故事中的「情節、對話」		
能理解文本的脈絡推展，並進一步整合概括	三、活動二：思考脈絡的推展	5	
	（一）教師提問：第二段小狙所提出的三個疑問在本文的意義與概括意涵		
能推論寓言隱藏的寓意	（二）教師提問：眾狙聽了小狙的話語後，眾狙的反應為何		ppt
	（三）教師提問：第三段郁離子議論在本文的作用	10	

<table>
<tr><th>教學目標</th><th>寓言理解</th><th>時間</th><th>教學資源</th></tr>
<tr><td>能由文本推論人物性格</td><td>1. 教師介紹郁離子並說明其議論
2. 推論郁離子議論與文本相對應關係
3. 再由文本推論〈楚人養狙〉故事中出現「人物」的性格
4. 推論出本文隱藏的寓意
（四）全篇文本統整：教師以心智圖幫助學生對本文的理解</td><td></td><td>文本/ ppt</td></tr>
<tr><td>能針對文本反思自我，且從文本中得到啟發與學到知識</td><td>四、活動三：反思文本
（一）教師提問：本文的關鍵人物為何
（二）角色轉換：若為書中人物時，該如何做以期改變現況，扭轉情勢</td><td>5</td><td></td></tr>
<tr><td>能統整讀過的寓言故事並推論出寓言的特性——勸誡與諷諭</td><td>參、綜合活動
一、思考寓言的本質
學生統整〈鷸蚌相爭〉、〈亡鈇意鄰〉、〈楚人養狙〉三篇寓言的異同
<table><tr><th></th><th>題材特性</th><th>主旨</th></tr><tr><td>鷸蚌相爭</td><td></td><td></td></tr><tr><td>亡鈇意鄰</td><td></td><td></td></tr><tr><td>楚人養狙</td><td></td><td></td></tr></table>二、最終統整與歸納
（一）成語與寓言
（二）寓言常以假託的故事或自然物的擬人手法來委婉勸誡或諷諭他人</td><td>5</td><td></td></tr>
</table>

翻轉教室的理念與實作

——以美食文學的讀寫教學爲例

蒲基維*

一　前言

「翻轉教室」是美國從二〇〇七年開始帶出來的反思，其核心理念在於把學習的主權還給學生，透過學生自主學習的過程，達到教師因材施教的教育理想。臺灣教育面臨全球化與少子化的衝擊，還有新一代學子對於數位工具的依賴，以及即將啟動的十二年國教，在教育第一線上已經有許多教師試著改變教育思維，改變教學模式，其目的就是想突破眼前的教育困境，為學生的學習找到可以精進的出路，其中藉由翻轉教與學的關係就是一種關鍵。在臺灣傳統的教學中，老師在臺上教，學生只有單向的聆聽接收，即使有思辨，亦難有充分的學習。翻轉教室的理念就是希望透過數位網路的連結，讓學生在家自主完成傳統課堂的教學過程，而回到課堂中，則能透過師生之間的提問與討論，擴大學習的層面，讓自主學習成為教育線上的主流。本文藉由美國「可汗學院」及臺灣「均一教育平臺」的課程，介紹翻轉教室的理念，並以美食文學讀寫的作文教學為範例，檢視其學習成效。

* 臺北市立西松高中國文教師。

二　翻轉教學的先驅者與推廣者

翻轉教學是一種概念，只要是想改變教室學習風景的教師，就有翻轉教學的可能。美國的「可汗學院」應是近年提出「翻轉教室」概念最為明確的機構，而臺灣「均一教育平臺」延續了這個理念，期望為臺灣的翻轉教學與自主學習樹立一個典範。兩者各為全球教育及臺灣教育的先驅與推廣者，在教育改革之路上，影響非常深遠。

（一）美國「可汗學院」

可汗學院（Khan Academy）是由孟加拉裔的美國人薩爾曼・可汗（Salman Khan）在二〇〇六年所創立的一所非營利教育機構。這機構透過網路提供一系列的免費教材，至今在 YouTube 已載有超過五千六百多段教學影片，其教學涵蓋了數學、歷史、醫療衛生及醫學、金融、物理、化學、生物、天文學、經濟學、宇宙學、美國公民教育、美術史及電腦科學等領域。事實上，薩爾曼・可汗（Salman Khan）並非專業的教育家，成立這個教育機構也是無心插柳。在他成為科技教育實踐家之前，只是一名基金分析管理師，為了教十二歲的表妹數學，他錄製了教學影片上傳至 YouTube，意外地得到超高的點閱率，從此讓他有了建立網路教育平臺的想法，於是就成立了非營利的「可汗學院」，在他上傳的五千六百多部影片中，每一段影片不超過十五分鐘，而且教學方法淺顯易懂，充分將生活融入教學之中，因此大受歡迎，至今已經超過兩億三千萬人次觀賞過他的影片。[1]

1　參見Salman Khan原作、王亦穹翻譯：《可汗學院的教育奇蹟——兩億人的家教課，跟比爾・蓋茲的孩子一起學習》（臺北市：圓神出版社，2014年）。

可汗學院的流傳不僅讓全世界的人可直接享受高品質的教育課程，也引動了一波創新教育的革命。透過網路下載的自主學習模式，原本傳統讀講需要五十分鐘的課程，學習者可能只要十分鐘就能完成；學校教育需要分科教學，而可汗學院課程可以自由融合；傳統的教學進度由教師掌控，而可汗學院的網路教學則完全由學習者自主。最重要的，當讀講課程在家自主學習而完成了，課堂上還需要什麼樣的教學活動呢？答案可能有千百種，但是「以學習者為中心」的教學態度，是課堂上必須面對的課題，也是教師可能要翻轉的教學思維。

（二）臺灣「均一教育平臺」

「均一教育平臺」是由公益平臺文化基金會與誠致教育基金會共同推動完成的。他們仿效美國可汗學院網路免費教材的模式，依照臺灣課綱，重新製作適合華文教育的全中文影片。誠致教育基金會董事長方新舟表示：

> 我們認同可汗學院所謂「翻轉教室」的教育理念。教育必須「因材施教」，學習要「主動積極」，可是受限於經費、人力、大量生產的教育體制，老師光趕課都來不及，加上官僚作業，根本沒時間深入瞭解每一個孩子，解決他們的困難。很多老師的初衷，是希望有足夠的時間、力氣、方法來「傳道、授業、解惑」。我們認為，「翻轉教室」可以一舉解決「因材施教」跟「主動積極」的難題。有鑑於此，誠致教育基金會在志工們的協助下，成立「均一教育平臺 www.junyiacademy.org」，錄製中文教學影片，幫助有心推動「翻轉教室」的老師減少趕課壓力，將寶貴的時間，拿來

陪伴孩子找出天賦、解答疑惑、追尋未來的道路[2]。

「均一教育平臺」不僅要藉由網路平臺縮短城鄉教育資源的差距，更希望推廣「翻轉教室」的理念，使學生有更多的學習空間，培養自主學習的習慣。

三　翻轉教室的實驗——美食文學讀寫的翻轉教學

儘管數位學習已經成為全球教育的趨勢，但是在臺灣的教育現場仍然是以傳統讀講的教學模式為主流，而仿效可汗學院所成立的「均一教育平臺」，其成立一年多以來教材影片雖然完成兩千多部，仍然不敷教育現場所使用，尤其是高中國文教材依然闕如，讓第一線教師想要藉由網路平臺資源來嘗試翻轉教學，遇到了瓶頸。有鑑於此，筆者為實驗翻轉教室的教學理念，遂利用校內文學寫作營的作文課，結合國文科跨校共同備課教師[3]的智慧，設計了「美食文學的讀寫與體驗」課程，並透過公開觀課、共同議課的過程以檢視課程的可行性。茲以UbD（Understanding by Design）模式設計教案如下：

2　《可汗學院的教育奇蹟．推薦序——一個人的創新，改變了全世界》（臺北市：圓神出版社，2014年）。

3　國文科跨校共備社群名為「履行者」，最初由七位臺北市各公立學校的國文教師組成，包含松山高中劉桂光老師、成功高中鄭美瑜老師、中山女中黃琪老師、育成高中鄭毓瓊老師、中正高中廖美娟老師、北一女中林雅婷老師、西松高中蒲基維老師。並邀請臺灣師大教育系陳佩英教授及卯靜儒教授擔任指導。本課程由履行者跨校社群共同完成，並由西松高中蒲基維老師進行公開觀課。

（一）課程目標

1	學生能透過影片與文字瞭解構成美食的要素，進一步學習飲食主題的描寫技巧。
2	學生能藉由體會飲食之美，學會結合飲食體驗與生活體悟，進而瞭解飲食在生命中的價值。

（二）學生應該學會的概念與知識

單元概念	單元的基本問題
1. 美食書寫的選材。 2. 美食書寫的情感意蘊。 3. 美食與人生的交疊。 4. 氛圍營造與摹寫技巧在美食書寫中的運用。	1. 如何運用情境氛圍烘托美食？ 2. 如何適切運用摹寫技巧？ 3. 美食所帶來的生活感動與生命啟發是什麼？

小單元知識	小單元的情意和技能
1. 認識每一樣食物的食材搭配與其作用。 2. 認識三種美食的製作方法。 3. 認識最能展現美味的吃法。 4. 認識感官摹寫及氛圍營造技巧。（感官味蕾V.S.心靈味覺；味覺幸福V.S.心靈幸福；美食滿足V.S.生命圓滿。）	1. 體會烹飪者選用食材的用心。 2. 味覺滿足增添生活情趣。 3. 藉由味覺的記憶喚醒、連結生命經驗。

（三）評量方式與規準

評量（如：實作、測驗、問答、作品、報告、學習單等）	評量規準
1. 課前作業 2. 課堂問答 3. 文章互評 4. 講評報告	第一階段：課前作業是否完成？ 包括： 1. 三部影片的問題思辨。 2. 短文寫作。 第二階段：課堂互評 1. 各小組評分表 2. 各組文章講評（前三組加10、8、6分，第四組開始3、2、1分，最後一組不加分） 第三階段：長文寫作 1. 教師評改。 2. 分享討論學生佳作。

（四）學習活動

活動名稱（時間）	內容描述、流程、時間	學習指導注意事項
自主學習 （約一小時）	一、觀賞影片：珍珠奶茶＋潤餅＋大腸包小腸（約12分鐘） 觀賞影片後，請回答下列問題： （1）珍珠奶茶 請問這部影片是從哪個角度來介紹珍珠奶茶？	1. 學生必須完成影片觀賞。 2. 學生必須完成問題思辨與短文寫作。

活動名稱 （時間）	內容描述、流程、時間	學習指導 注意事項
	（2）潤餅 如果你是潤餅店老闆，你要選擇片中哪一位顧客作為代言人？為什麼？ （3）大腸包小腸 影片中老闆將大腸包小腸命名為「台灣堡」究竟有什麼含義？ 二、觀賞影片：含笑食堂第10集：西魯肉（約8分鐘） （1）請根據以上三部短片所提供的面向，觀賞含笑食堂影片，並完成300字短文。 （2）短文內容可以是呈現故事大要，或從食物的文化意涵與淵源、呈現的情感、食材的描寫、食物的滋味……等等來說明。 三、完成作業： （1）三段影片的問題思辨 （2）短文寫作（300字）	
第一節課	一、課前暖身：（10 分） 1. 確認學生對影片的提問是否瞭解 2. 說明課程進行內容與規則 （1）說明學生互評的標準 （2）說明互評的向度	三題各請一～二位自願的學生回答

活動名稱 (時間)	內容描述、流程、時間	學習指導 注意事項
	二、閱讀討論:(10 分) 1. 小組閱讀並討論彼此作品 2. 完成小組內評分,並加上三句評語 3. 選出小組最佳的作品	請依內容完整度、措辭優美度、意旨明確深刻度,或其他向度之評選。
	三、作品講評:(25 分) 請各小組推派推薦文章後,各組上臺發表。	請學生找出這篇文章值得學習的地方在哪裡?(請畫紅線。)並說明(為何值得學習)。
	四、老師講評:(5 分) 就學生所評論的的七篇文章進行補充說明,並點出美食文學的寫作重點: 1. 注意這項食物在心中的特殊意涵(和生活經驗、歷史文化等等結合)。	教師講評時可注意:同學的表現很好,但偏向某個層次,其實還有其他面向可以觀照。
自主學習	一、觀賞老師錄製影片兩段: (一)摹寫技巧在飲食文學中的應用 (二)氛圍營造在飲食書寫中的價值與應用	學生自行觀賞

活動名稱（時間）	內容描述、流程、時間	學習指導注意事項
	二、完成作業：長文書寫 在你的記憶中，哪一種食物給你最深刻的印象？哪一次的飲食給你最美好的心靈感受？請選出一種食物（生食、熟食、正餐、點心皆可）敘述它的色、香、味等外觀，並描述自己品嚐這一食物的感受，再結合自己的生活記憶，定義此一食物在你生命中的美好價值。題目自訂。文長在600字以上。	學生完成寫作，內文必須包含： 摹寫修辭、氛圍營造之表現。 生活、生命省思。
第二節課	一、閱讀範文兩篇：請學生對照自己的作品記錄自己的想法再發表感想。 二、分組討論與文章互評：邀請同學或流水式看文章，最後要回饋寫優點。 三、教師講評：整理學生作品，再建議、分享。（發資料即可）	同儕學習：題目、類別、文章情感

本次課程乃由兩階段的自主學習，加上兩節課堂學習組合而成。在第一階段自主學習的影片觀賞中，我們各剪輯了兩段影片，一是三種美食的介紹與思辨，二是「含笑食堂：西魯肉」單元劇。學生必須在課前觀賞影片，並完成三題問答及一篇短文寫作。進入第一節課，學習內容是以「確認問答題理解」、「學生互評作文」、「評論學生作品」及「教師收斂聚焦」為主要課堂活動，教師的角色主要在聆聽、引導與聚焦，課堂的學生學習才是主軸。

第二階段的自主學習是要學生觀看教師錄製的兩段教學影片，一是摹寫技巧在飲食書寫中的運用，二是氛圍營造如何融入飲食書寫的技巧，學生必須在觀看影片之後完成長文書寫。進入第二節課，主要有三個活動，一是提供兩篇範文閱讀，讓學生對照自己的作品，感受自己作品的優劣；二是分組討論與作品互評，以流水式傳閱的方式，讓同學提出自己作品的優點；三是教師講評，彙整學生的作品，並分類整理，聚焦於寫作目標的闡發，讓學生有意識地體會美食書寫的歷程與價值。

這次的教學實驗並非全然移植可汗學院的翻轉教室概念，而是想藉由翻轉教學重組我們傳統教學的習慣與節點，那可能帶著一點顛覆，卻也可能帶來某些意想不到的創新與建構。即使是透過社群共同備課出來的教案，也經歷了三次的建構、三次的顛覆以及無數次的往復與翻轉，才形成了上述的教案面貌。我們期望的是，著眼於學生的學習，可以看到更多學生在觀察、思考、創作、討論與分享的過程中，有更多意想不到的創新與冒險，這才是回扣到作文教學所專有的「翻轉」。

四　結語

翻轉教室透過線上學習的模式，不僅在全球逐漸發酵，臺灣也逐漸累積零星的成果，這將是未來學校學習的新趨勢。本次透過美食文學的讀寫與體驗來進行翻轉教室的實驗，過程中固然遇到了影片剪輯與拍攝的困難，學生也因為電腦軟硬體的缺陷，出現了某些抗拒學習的反應，但是我們也見到學生學習上的改變。例如：學生體驗了自主學習的妙處、課堂討論與回饋的加深與擴廣、教室學習風景的改變等等。我們相信，目前翻轉教室所遇到的數位軟、硬體問題，都可能在未來的五年、十年獲得解決。只要老師願意改變，就有機會可以翻轉教育，也可以翻轉學生的學習習慣。

薩爾曼．可汗（Salman Khan）在《可汗學院的教育奇蹟》一書中提到：「就算結果不如預期也非常可貴。這個世界需要大膽的思考與創新的作法，這兩者比較可能從重大失敗中意外產生，而非源自平庸、安全、可預期的小小成功。」人生沒有真正的完美，所以我們容許錯誤的存在；教育沒有所謂的成功，所以我們更應該鼓勵教學上的冒險。翻轉不是目的，而是提供學生更多的時間與空間，讓他們與生俱來的創意可以漸漸的萌芽，這是造就未來人才所應作的努力。

「多元智能」運用於《中華文化基本教材》之教學

——以《論語》教學爲例

謝淑熙*

一 前言

在知識經濟蓬勃發展的時代中，知識已成為運籌帷幄決勝千里的關鍵。多元化的教育思潮，不斷衝擊著臺灣的未來，因此終身學習已成為前瞻未來的指標。世界管理大師彼得．杜拉克（Peter Drucker）曾經指出：「人類的歷史上，再也沒有比此時更重視知識的價值了。」的確，面對多元文化社會的變遷，要提昇國民的素質，就要落實終身學習的教育目標，全面推展學習型組織，並且要提供多樣化的教材，引領學生懂得明辨是非、思考問題，有能力活用知識來解決問題。

根據美國教育家豪爾．迦納博士（Dr. Howard Gardner）在一九八三年出版了《智力架構》（*Frames of mind*）一書，提出多元智慧論，認為人類具有語文智能、邏輯—數學智能、視覺—空間智能、肢體—動覺智能、音樂智能、人際智能、內省智能、自然觀察者智能等八項智慧[1]。多元智能的教學功能，可以促進各級學校教育的

* 臺灣海洋大學共同教育中心兼任助理教授。

1 郭俊賢，陳淑惠譯：《多元智慧的教與學》（臺北市：遠流出版公司，1999年）。

多樣化，我們樂見今後多元智能教育制度的開啟，在教學活動中注入新意，引導學生適應「瞬息萬變的社會」為學習的主軸，跨學科的整合，開啟學生全方位的能力；智能教育與文化陶冶相輔相成，提供學生適性發展的學習環境，進而培育學生朝德、智、體、群、美五育並進的理想目標邁進，為臺灣的教育開創出新契機。

二　落實《論語》教學以培養學生的多元智能

兩千多年前，至聖先師孔子猶如掌舵的舟子，引領學生駕馭著六經園地的風帆，乘長風破萬里浪，以經典的話語，來陶冶心性及增長見聞，進而提昇自己的德業修養。讓我們一同漫溯《論語》的故鄉，汲取孔子教育的典範，傳承孔子樂道的精神，並且作為今日教育改革的針砭。茲依據迦納博士八項智慧標準[2]，來敘述落實《論語》教學以培養學生多元智能的教學目標，如下：

（一）語文智能（linguistic intelligence）

語文智能包括把語言的結構、發音、意思、修辭和實際使用加以結合，並運用自如的能力。語文智能是國文教學的首要目標，期盼經由《論語》文本中字詞分析、義理闡述、延伸閱讀等教學方針，以提昇學生的語文智能，進而對儒家學說有更深入的理解。茲引《論語》教材篇章為例：

孔子在《論語．衛靈公篇》中對學生所說的「忠恕」二字，稱得上是言近而旨遠的善道。盡己之心，以誠待人接物，就是忠的表現；推己及人，設身處地為別人想一想，這就是恕的表現。可見「忠恕」

2　郭俊賢，陳淑惠譯：《多元智慧的教與學》。

是充滿生命智慧、生活體驗的話語，更是每個人進德修業、立身處世的基石。推廣「忠恕」之道的旨義，就是要人人培養「欣賞別人，看重自己」的態度。曾子說：「為人謀而不忠乎？」（《論語‧學而篇》）孟子說：「萬物皆備於我，反身而誠，樂莫大焉。強恕而行，求仁莫近焉。」（《孟子‧盡心上》）說明了「忠」是提昇人類責任感的試金石；「恕」是化解社會動亂的一帖良藥。的確，如果人人能夠「忠以律己」，體認自己應負的責任，「恕以待人」，考量社會國家的整體利益，以「自律自清」的良好習性，來淨化貪婪的人心，如此必定可以化暴戾為祥和，使大千世界和樂圓融。

（二）邏輯—數學智能（logical-mathematical intelligence）

邏輯—數學智能包括能計算、分類、推論和假設檢定的能力，而且能夠進行複雜的數學運算。透過《論語》中孔子與弟子經典的對話，與豐富的文化涵養和多元情境的刺激，以發展學生邏輯推理的智能。茲引《論語》教材篇章為例：

創意思考能力的啟發，是學校教育主要目標之一，早在二千多年前，我國至聖先師孔子便說：「學而不思則罔，思而不學則殆。」（《論語‧為政篇》）宋儒程頤也說：「博學、審問、慎思、明辨、篤行，五者缺一不可。」（《中庸》）這是勉勵學生求學時務必學思並重。教育家杜威（John Dewey）也說：「學由於行，得由於思。」強調優良的教學貴在能培養學生良好的讀書習慣，以及獨立思考的能力。發問技巧與思考教學有密切的關係，因為發問之後，學生作答須運用心智去尋求答案，這也就是孔子所說的：「不憤不啟，不悱不發，舉一隅，不以三隅反，則不復也。」（《論語‧述而篇》）「舉一反三」，實際就是一個邏輯推理問題，從已知的判斷推知新的判斷的思維形式。因此每位教師要突破傳統注入式教學法的瓶頸，運用創造思考教學法，來提昇學生對問題的思辨能力。

（三）視覺—空間智能（vision-spatial intelligence）

能以三度空間來思考，準確的感覺視覺空間，並把內在的空間世界表現出來。這種求知的方式是透過對外在的觀察與對內在的觀察來達成。透過《論語》中孔子啟發式的教育方法，可以引導學生深入探討學問的真諦。茲引《論語》教材篇章為例：

子夏問曰：「『巧笑倩兮，美目盼兮，素以為絢兮。』何謂也？」子曰：「繪事後素。」曰：「禮後乎？」子曰：「起予者商也，始可與言《詩》已矣。」（《論語．八佾篇》）本則所舉的事例：是說子夏從孔子「繪事後素」的答問中得到啟示，認為一個人具有了忠信的美德，再加上禮節的文飾，猶如繪畫，先以素色勾勒，再增加五彩的顏色，可以增加色澤的鮮明一樣，如此就能使品德更臻完美。「禮後乎？」是子夏由論《詩》而引申及於禮，並且加以闡發的聯想，認為禮樂產生在有了仁的思想以後，仁與禮的關係，是相輔相成。孔子十分讚賞子夏這種由一以知二的學習態度，由此推及彼的聯想法，所以孔子很高興地說：「啟予者商也，始可與言《詩》已矣。」意即，從此可以和子夏討論《詩》的內容和寓意了[3]。師生之間相互切磋琢磨，融洽無間的情誼，彼此教學相長的真情實態，令人欣羨不已。

（四）肢體—動覺智能（bodily-kinesthetic intelligence）

善於運用肢體來表達想法和感覺，運用身體的部分生產或改造

---

3 王邦雄、曾昭旭、楊祖漢：《論語義理疏解》（臺北市：鵝湖出版社，1982年）。

事物。喜愛具體的學習經驗，包括速度、平衡、協調、敏捷的身體技巧，及由觸覺引起的能力。透過《論語》文本孔子與弟子的對話，可以增進學生動覺智能的表達能力。茲引《論語》教材篇章為例：

孔子在休閒時，喜歡與弟子們閒話家常，傾聽弟子抒發個人的抱負，有一天子路、子貢，公西華侃侃而談自己的志向，當時正在一旁彈琴的曾點，也表明心志，描述出「浴乎沂，風乎舞雩，詠而歸」（《論語．先進篇》）的情景，暮春三月，春暖花開，五六個成人與六七個童子結伴出遊，到沂水邊洗澡，到舞雩下乘涼，沐浴著溫暖的陽光，欣賞大自然的美景，然後大家一起唱著歌回家，這是一幅多麼吸引人的春遊畫面，顯現出安寧平和的世界，與孔子主張「仁」的道德情境相符合，因此孔子由衷的讚許曾點「澹泊以明志，寧靜以致遠」的人生境界。

（五）音樂智能（musical intelligence）

音樂智能包括對音調、節奏、旋律或音質的敏感性，及歌唱、演奏、音樂創作等能力。透過《論語》文本，可以瞭解孔子重視音樂教化，並且認為禮樂教化，能促進人際關係的和諧圓滿，更是君王感化人心，化民成俗，樹立德範的基石。茲引《論語》教材篇章為例：

孔子很注重音樂內容之美善，根據（《論語．八佾篇》）的記載，孔子認為上古時虞舜時所制定的〈韶〉樂，音調極為優美，內容又能感動人心，稱得上是「盡美盡善」，周武王時所制定的〈武〉樂，音調旋律亦佳，但在情境上是歌頌武王的武功，充滿肅殺之氣，「盡美」不「盡善」。所以孔子「在齊聞韶，三月不知肉味」（《論語．述而篇》）一方面說明孔子有極高雅的審美情趣，另一方面，他又將審美追求，擴展到倫理道德與政治理想上。黑格爾（G. W. F. Hegel）說：「樂的內容不只包括精神洋溢的情感，而且更包含內容的精華或寓有較高教義的內容。[4]」從舜的德行事功來肯定〈韶〉樂的盡善盡美，可見孔子重視音樂的政治教化功能。

（六）人際智能（interpersonal intelligence）

此智能的意涵是覺察並區分他人情緒、動機、意向及感覺的能力，即察言觀色、善解人意，以及與人有效交往的能力。閱讀儒家的經典，可以學習社會生活的規範與為人處事的準則。茲引《論語》教材篇章為例：

在個人品德之修養方面，孔子稱述最多的是「仁」，顏淵問仁，孔子回答說：「克己復禮為仁。」（《論語．顏淵篇》）孔子告訴子貢說：「夫仁者，己欲立而立人，己欲達而達人。」（《論語．雍也篇》）可見「仁」是孔子的中心思想，涵蘊了立身處世的各種美德。而所謂的「克己」、「己立」是指自我品德的完成，正是「忠」的表現；「復禮」、「立人」乃是社會群體和諧的表現，也是「恕」道的發揚。可見仁是一個人圓滿人格的表現，一個能愛人的人，一定能夠在群體中樹立良好的人際關係。所以孔子說：「志於道，據於德，依於仁，游於藝。」《論語．述而篇》這一句話可以作為孔子倫理教育的總綱目，目的是要教導學生立志行道，追求真理，通過禮樂的教化，來涵養心靈及內在自覺，經由仁德的修養，以奠定生命的方向，開啟人生康莊大道[5]。

（七）內省智能（intrapersonal intelligence）

此智能是指正確自我覺察的能力，即自知之明，並依此計畫引

---

4 朱光潛譯：《G. W. F. Hhgel Asthetik, Aufbau-Verlag, Berlin, 1955》（北京市：商務印書館，1978年）。

5 林安梧先生：《教育哲學講論》（臺北市：讀冊文化事業公司，2000年）。

導自己的人生。透過《論語》的教材，可以理解孔子要學生「見賢思齊，見不賢而內自省」（《論語．里仁篇》），以修養高尚品德的旨意。茲引《論語》教材篇章為例：

孔子說：「視其所以，觀其所由，察其所安，人焉廋哉。」（《論語．為政篇》）仔細觀察一個人的行為、動機及事後的反應等，那麼這個人的人格、心理活動等也就無從隱匿了。這方法不僅可用以觀察人，亦可藉以進行自省，經過自我檢視，也就不至於自欺欺人了。[6]青少年正處於青春期，往往從父母、師長及同學的肯定中，找出自己的定位，所以他們渴望被瞭解、受重視，卻不願受到過多的保護與束縛，因此在情緒上常有失控的現象，益之以辨別是非能力薄弱，比較容易發生暴力或自戕的行為。因此鼓勵學生發展自我的潛能，不妄自菲薄，是為人師表者，應該具備的教育信念。生命教育的第一步就是要教導學生先認清自己、建立自信心，並且培養「欣賞別人，看重自己」的襟懷，好好珍惜自己的生命，發揮自己的特長，以開創人生的光明面。

（八）自然觀察者智能（naturalist intelligence）

此智能的意涵就是透過和大自然的接觸，對生物的分辨觀察能力，如動物、植物的演化；對自然景物敏銳的注意力。包括欣賞和認識動植物、辨認物種的成員等。透過《論語》所引《詩經》的教材，可以讓學生認識古代植物的名稱，茲引《論語》教材篇章為例：

孔子勉勵弟子研讀《詩經》，並且說：「詩可以興，可以觀，可以群，可以怨；邇之事父，遠之事君；多識於草木鳥獸之名。」（《論語．陽貨篇》）孔子重視詩教，論述學詩可以感發人的心志，

---

6 姚式川著：《論語體認》（臺北市：東大圖書公司，1993年）。

可以考察政教的得失，可以學習到孝順父母、盡忠國君的道理。並且指出閱讀《詩經》的實用功能，能夠認識許多草木鳥獸之名。例如：「唐棣之華，偏其反而；豈不爾思，室是遠而。」（《論語・子罕篇》）句中「唐棣」：植物之名，郁李，屬薔薇科，落葉灌木。閱讀此篇，可以瞭解孔子借詩譬喻的旨趣，也順便認識了「唐棣」為何？可以讓學生增長了博物的學問。

三　「多元智能」在《論語》教學上之運用

本研究是透過「閱讀與寫作」（Reading and Writing）課程教學來進行，選課學生為臺北市立大學的大二學生，課程的教學目的是引導學生閱讀經典古籍，並且融會貫通書中的精華要義，以培養批判性思考（critical thinking）的能力，進而表達在寫作及應對進退上。而教學的成果，係強調個人閱讀心得寫作與小組研究報告分享。茲歸納並列表於下（見表一、二、三）：

四　結論

德國大哲學家康德（Immanuel Kant）強調：「好教育即是世界上一切善的泉源。」的確，在因應未來更具開放性與多元化的社會發展趨勢，要想使青年學生瞭解中華文化，而不致數典忘祖，就必須培養學生閱讀經典古籍的興趣，並且加強儒家倫理思想的教育，引領學生開啟中國古典文學的堂奧，給予他們倫理道德的涵養，以培育優美的情操，進而提昇學生的人文素養。

法國思想家蒙田（Michel. de Montaigne, 1533-1592）指出：「教育最重要的是能給下一代美德、勇氣與智慧，而智慧的最顯著標誌，

表一　《論語》課程教學目標與多元智能對照表

編號	多元智能	教學目標
1	語文智能	寫作技巧與修辭分析
2	邏輯—數學智能	利用專題報告，訓練學生蒐整資料、口語表達的能力
3	視覺—空間智能	利用「人物專訪」，幫助學生熟悉報導文學、採訪、編輯的技巧
4	肢體—動覺智能	利用簡報製作，訓練學生動手做、善用電腦的能力
5	音樂智能	利用音樂欣賞，讓學生體驗廣博意良的情境
6	人際智能	利用團體表演，培養學生與人相處的人際智能
7	內省智能	利用分組討論，培養學生的思辨能力
8	自然觀察者智能	引領學生進入《論語》的領域，啟發其閱讀興味

表二　多元智能運用於《論語》教學進度與教學目標

課次	主題	教學內容
1	孔子的為人風範	以布衣的身分成為大思想家、大學問家、大教育家
2	孔子的治學精神	好學不倦與力求上進的態度，可說是「終身學習」的最佳典範
3	孔子之教學精神	「有教無類」、「因材施教」的教育理想，彰顯孔子對理想的執著
4	《論語》內容	《論語》全書二十篇，四百八十二章，一五九一九字，是一部孔子和弟子交談的經典話語
5	《論語》價值探討	從《論語》中，可以見到孔子與弟子們的嘉言與懿行，是孔子指導學生德行修養的重要一環

表三　學生分組研究報告

週次	分組	主題	內容
	第一組	孔子的思想：禮、仁	孔子說：「志於道，據於德，依於仁，游於藝。」
	第二組	淺談中國經典代表：《論語》	孔門四科十哲
	第三組	與《論語》有關成語的應用	巧言令色、見賢思齊、仁者樂山、欲罷不能、誨人不倦、富而可求、不恥下問……
	第四組	孔子電影與史實的差異	選用的電影片段與史實 1. 齊魯會盟 2. 子見南子 3. 子路問津 4. 顏回之死 5. 子路之死
	第五組	從《論語》看我們對於迷信的態度	東漢以來的佛老與儒學 周代的人性觀 孔子如何看待天命 孔子如何看待祭祀 儒者的辟佛運動 寬容並存的理性精神

便是永遠快樂。」在科技文明發達，而人文素養日益衰微的今日，研讀《論語》是淨化人心與聖賢對談的一帖良藥，孔子學而不厭的求知態度，是激勵學生「終身學習」的最佳典範。因此每位為人師表者，就應該體察時代的需要，掌握世界的脈動，作前瞻性的規畫，並且以教育家劉真的名言：「樹立師道的尊嚴，發揚孔子樂道的精神」自

勉，營造溫馨的終身學習環境，以培育具有多元智能、宏觀視野、蓄積深厚、知書達禮之 e 時代好青年。

閱讀與觀課

謝淑熙*

一　前言

閱讀書籍、探索知識，乃是激發自己潛能及創造思考的原動力。英國哲學家培根不但提出「知識就是力量」的名言，更說明勤展良書卷的益處是：「歷史，令人聰明；詩，令人機靈；數學，令人精巧；倫理，令人莊重；邏輯、修辭，令人能說善道。」這的確是深中肯綮的言論。足證閱讀書籍，可以擷取書中的精華，充實自我的見聞，在餘情迴盪中，使得源頭活水來，智慧花朵開。英國教育部長布朗奇（David Blunkett）也說：「每當我們翻開書頁，等於開啟了一扇通往世界的窗，閱讀是各種學習的基石。在我們所做的事情中，最能解放我們的心靈的，莫過於學習閱讀。」正說明了閱讀是心與心的交流，是保持生活躍動，永不寂寞的妙方。

觀課，又稱課堂觀察（classroom management）作為一種研究課堂的方法，源於西方科學主義的思潮，發展於二十世紀五、六〇年代。美國社會心理學家貝爾思（R. F. Bales）於一九五〇年提出的「互動過程分析」理論為典型代表，其開發了人際互動的十二類行為編碼，並以此作為課堂中小組討論的人際互動過程的研究框架，貝爾思的研究開啟了課堂量化比較系統研究的序幕。而美國課堂研究專家

* 臺灣海洋大學共同教育中心兼任助理教授。

弗蘭德斯（N. A. Flanders）於一九六〇年提出他自己修正的研究成果「互動分類系統」，即運用一套編碼系統（coding system），記錄課堂中的師生語言互動，分析、改進教學行為，則標誌著現代意義的課堂觀察的開始。[1]觀課的理念源自「經驗分享學習」，從累積的經驗去分析探究、以客觀的批判、仔細的聆聽別人可貴的經驗方式，用心觀察，經過反思後，改變自己的教學模式，有別於傳統老師講課學生聽課的模式。

二　閱讀教學與課堂觀察

根據二〇〇六年的促進國際閱讀素養研究（Progress in International Reading Literacy Study，簡稱PIRLS）的定義，S讀者（Strategic & Super reader），必須具備下列的閱讀素養（Reading Literacy）：素養一：能夠理解並運用書寫語言的能力；素養二：能夠從各式各樣的文章中建構出意義；素養三：能從閱讀中學習；素養四：參與學校及生活中閱讀社群的活動；素養五：能夠由閱讀獲得樂趣。亦即閱讀素養從基礎的運用書寫能力開始，進而建構意義、閱讀學習、參與社群活動到最高境界樂在閱讀。此素養的指標層級，可做為閱讀教學策略檢定的重要參照指標（柯華葳，2007）。可見閱讀素養的培養，除了掌握閱讀興趣、閱讀行為，與閱讀成效諸多要素外，更是提昇國民素養與國家未來國際競爭力的重要關鍵。茲述如何利用觀課來加強閱讀教學的成效，如下：

1　崔允漷、沈毅、林榮湊等：〈課堂觀察20問答〉，《當代教育科學》第24期，頁6-16。

（一）觀課教學策略

觀課的「觀」包括視和聽，既要用耳，也要用眼，還要用腦用心，觀課可以發揮教學洞察力。宋代哲學家邵雍在〈觀物篇〉中說：「夫所以謂之觀物者，非以目觀之，而觀之以心也；非觀之以心，而觀之以理也。」（《皇極經世．觀物篇》）說明觀物的層次，先經由感官認知的「觀看」，最後達到情理交融的「觀感」境界。此種理念與觀課的「觀」有異曲同工之妙。

觀課是參與者相互提供教學資訊，共同收集和感受課堂資訊，在充分擁有資訊的基礎上，圍繞共同關心的問題進行對話和反思，以改進課堂教學、促進教師專業發展的一種研修活動。課堂教學是教師永遠未完成的一種創造。堅持這種發展開放的課堂教學觀，觀課以「思」為基礎，促進參與者為未來教學而創造，在自由創造中追求詩意生活。[2]觀課的內容，在教師方面，包括：教學技巧、專業知識、課堂管理等；在學生方面，包括：學習態度、學習策略、學習表現等。觀課是運用資訊科技進行互動學習的教學技巧，可以使學生在做中學。教師的授課是一種現實生活的教學，教育家杜威（John Dewey）說：「教育即生活。」（1938）經由觀課的教學活動，可以發揮教師對未來教學生活的指引作用，而設計出更理想的教學內容，以提昇學生的學習興趣。

（二）閱讀教學策略

閱讀教學所涉及的面向，包括教師的教學教法、教材內容的難易、學生學習的動機、學生學習的興趣、師生的互動等事項，在在都點出問題的核心，足供教學者與觀課者的省思改進。推動閱讀教學，

---

2 陳大偉：〈觀課議課的定義和文化標識〉，《福建教育．中學教育》10期。

當務之急，就是要強化閱讀教學策略，並以實際教學觀課，讓教師在教學現場能靈活運用各類教學策略，以提昇學生的高層次閱讀能力，並增進學生閱讀文章與寫作的能力。

閱讀教學可以提昇學生人文素養的方法：1. 閱讀優美詩篇，以培養高雅情操。2. 閱讀傳記文學，以塑造高尚人格。3. 閱讀儒家經典，以培育人文素養。4. 閱讀歷史讀物，以擴展宏觀視野。5. 閱讀怡情讀物，以引導正確人生觀。加強閱讀教學，提昇學生寫作能力的方法：1. 基本句型與遣詞造句的訓練。2. 創意思考的訓練。3. 加強閱讀作文的寫作能力。[3]《紅樓夢》書中有句話說：「世事洞明皆學問，人情練達即文章」，針對目前學生較不擅長的破題、聯想、融合生活經驗等議題，教師應提供閱讀寫作單元，精選重要名家散文，讓學生多讀多寫，以加強學生寫作能力。透過引導寫作的形式，測驗學生針對主題，能夠寫作一篇結構完整的文章。至於遣詞造句、篇章組織等寫作技巧，則可透過廣泛閱讀，觀摩名家作品，以及勤加練習等方法來培養。

綜合上述，可知閱讀是推動國語文教育中不可或缺的一種學習方法。閱讀教科書除了要理解書中的學科內容以外，也要引導學生邏輯推理與多元思考的能力。課外讀物之選材，宜求文字難易適中，內容賅博周洽，思想新穎深刻，文學樣式多元，並使學生能自行閱讀吸收，以作為範文教學之補充。「工欲善其事，必先利其器」，並且要引領學生善加利用圖書館，以提昇資料彙整的能力。「觀課」顧名思義，就是通過觀察對課堂的運行狀況進行記錄、分析和研究，並在此基礎上謀求學生課堂學習的改善、促進教師發展的專業活動。觀課的

---

3 謝淑熙：〈推動閱讀教育，以提昇人文素養〉，《商業職業教育季刊》第130期，頁19-26。

目的是關心學生的閱讀速度、認讀、及基本理解能力，並藉由強調標準化、客觀、和量化的閱讀結果，以全盤瞭解課堂上學與教的狀況為主。[4]閱讀教學與課堂觀察二者必須相輔相成，以增進教師的專業知能，進而提昇學生的閱讀能力。

三　「觀課」在閱讀教學上之運用

本研究是透過國立龍潭高中一〇二學年度第二學期「圖書館利用──營造書香校園之深耕閱讀」研習計畫；目的：推動全校閱讀風氣，營造書香校園，並協助研習學員養成閱讀之嗜好；參加對象：本研習活動主要供高二學生參加，亦歡迎本校教師參與。筆者有幸擔任「尋找閱讀的喜悅」的主講人，茲歸納此次「深耕閱讀快樂學習」的教學目標與教學內容，並列表於下：

（一）閱讀教學時間與地點

時　間	地點	活動項目	主持（主講）人
4月3日 0910-1100	國立龍潭高中 誠樸樓三樓視聽教室	尋找閱讀的喜悅	國立海洋大學 謝淑熙　教授

4　崔允漷、沈毅、林榮湊等：〈課堂觀察20問答〉，《當代教育科學》第24期，頁6-16。

（二）閱讀教學目標與教學內容

課次	教學目標	教學內容
1	探討閱讀的重要性	1. 激發自己潛能及創造思考的原動力。 2. 增長見聞，開闊視野。 3. 閱讀傳記文學，培養高尚情操。 4. 怡情養性，變化氣質。
2	探討閱讀的兩扇法門：精讀與略讀	精讀的方法： 1. 佳句欣賞。 2. 重點句分析。 3. 作者寫作的旨趣。 4. 文章的重點所在。 5. 延伸思考。 略讀的方法： 1. 閱讀目次表：以瞭解內容結構，然後略讀一遍內容。 2. 讀主標題、副標題、重點標示的關鍵詞句以及各種圖表。 3. 其他內容不需要逐字逐句細讀，快速瀏覽即可。
3	深耕閱讀可以提昇寫作的能力	1. 增加辭彙，提昇寫作能力。 2. 培養批判性思考（critical thinking）的能力。 3. 多讀多寫，以增進寫作能力。

課次	教學目標	教學內容
4	閱讀思考表達力 實作練習	示例一： 余光中：開卷如開芝麻開門 請依據下面步驟，完成下列表格。 1. 依據文中對開卷的描述，用至少四個簡短的語詞歸納開卷的特質，由中心主題〈開卷如開芝麻門〉畫支線，每一支線只寫一個語詞（A）。（拓展思路） 2. 從步驟一的語詞中選一個主要評論的語詞，寫在B格中。（聚焦特定觀點） 3. 從文章中至少找出兩個佐證步驟2、的資料，寫在C格中，越多越好。（有憑有據） 4. 歸納統整步驟2、和3、的內容，寫成一段有憑有據詮釋開卷好處的結論。
5	閱讀思考表達力 實作練習	示例二： 資訊整合寫作 結合網際網路議題，與「正反觀點聯想」，請考生歸納出題目中的觀點或思想，並對其提出自己的意見，加以批評討論。
6	閱讀思考表達力 實作練習	示例三： 在文學作品中，往往通過作者的感覺意象加以形容描述，主要依「視、聽、嗅、味、觸」五個感官，即視覺、聽覺、嗅覺、味覺、觸覺的摹寫來分類。

（三）觀課表格

觀課教師：彭兆東	日期：103年4月3日
授課教師：謝淑熙	時間：0910-1100
班別：國立龍潭高中二年級學生87人	課節：2
科目：圖書館利用研習活動	教學語言：中文
課題：深耕閱讀快樂學習	教學內容：培養讀者之閱讀能力及寫作技能

課堂教學目標

1. 使學生透過研習活動，建立良好的閱讀習慣。
2. 使學生發展良好寫作能力。

評估重點

1. 學生對本研習內容認同情形之觀察。
2. 課程教學有效性之質性觀察。

評鑑內容

課堂教學	優點	有待改善的地點
教學的策劃與組織	1. 課程內容設計符合學生需求。	1. 可考慮選取一段精美短文，做「精讀」之示範。
學習差異的照顧	1. 內容深入淺出，不同學生皆可得到與自身能力相匹配之獲益。 2. 教師能適宜鼓勵與協助反應較慢之學生。	

課堂教學	優點	有待改善的地點
傳意技巧	1. 教師能適宜以深厚之人文素養支持授課內容，另學生有耳目一新之感受。 2. 教師能適宜使用教學媒體，有效傳遞知識內容。 3. 教師能適宜穿插趣味話題以引起學生專注聽課。	1. 投影片內容略多。
課堂管理	1. 教師能將視線投注在教室各角落，隨時注意學生的反應。	1. 使用大教室，學生座次未能集中。
專業知識	1. 教師之學位主修專長與授課內容完全符合。 2. 教師對於教學。	
專業態度	1. 教師具多年之實務教學經驗，並能充分掌握教材教法。 2. 教師於授課中能以適當之熱忱帶動學生學習意願。	
學習態度	1. 課堂全程認真學習者約佔 80%。	1. 若第一堂課中即能穿插「有獎徵答」，當更能促使學生全程認真學習。

課堂教學	優點	有待改善的地點
學習策略	1. 事先取得兩種講義資料，供上課使用。 2. 配合筆記授課重點內容。 3. 積極回應教師在課堂之口頭測驗。 4. 有部分學生形成小組，以合作學習方式因應教師口頭測驗。	1. 未見學生動提問課程內容相關問題。
學習表現	1. 隨著教學歷程，對授課內容感到興趣之學生愈顯增多，其等對知識與技能之學習意願亦同樣愈見增加。 2. 課後回饋顯示：學生都願意再上一次類似課程。	

綜合上述，可知「閱讀教學」與「觀課」是師生雙向互動的教學過程，包括：教材內容的多元化、學生有效使用閱讀資源和分享想法，進行自主與獨立學習，以達到閱讀教學的目的（蔡慧鈴，2006）。只有結合各方面的資源與智慧，集思廣益，全力以赴，才能落實閱讀教學成效的提昇。《禮記．學記》上說：「學然後知不足，教然後知困。知不足，然後能自反也；知困，然後能自強也。故曰教學相長也。」這段話揭櫫兩個教育觀念：1. 教育是一種正面向上力量的提昇過程、2. 教育是一種雙向互動的過程。[5]的確，觀課是彰顯「教

5 吳智雄：〈大學國文的三種用處〉，《生命．海洋．相遇——詩文精選》（臺北

學相長」真諦的一種教學模式，也是促進教師專業成長的一種方式。

四　結語

在廿一世紀知識蓬勃發展的時代，全世界的先進國家，都將教育列為國家最優先的議題，而教育的改革沒有捷徑，只有方法，那就是「藉由閱讀的養成，培養公民終身學習（learning throughlife）的能力，作為知識經濟競爭的基礎。」世界管理大師彼得·杜拉克（Peter Drucker）曾經指出：「人類的歷史上，再也沒有比此時更重視知識的價值了。」的確，在科技文明一日千里的時代裡，知識已成為運籌帷幄決勝千里的關鍵。而觀課之教學方針，對改善學生課堂學習、促進教師專業發展和形成學校合作文化等都有著極其重要的意義。因此學校教育要全面推展學習型組織，讓「觀課」成為推動「閱讀」教學實踐和教學理論的一座橋樑，為教師的專業發展提供了一條很好的途徑。[6]以培養能夠終身學習的國民，進而提昇學生的人文素養與知識競爭力。

新加坡前總理李光耀說：「廿一世紀的公民，必須要有快速吸取訊息的能力和正確表達自己意思的能力，才能和別人競爭。[7]」這的確是值得發人深省的言論。閱讀的習慣在年輕時就要養成，寫作的種子，也應在年輕時代就埋下。因為有思想的人，才有內涵，有智慧的人，才有品味，唯有多看、多學，才能使智慧增長。有一句話說：「昨日已成歷史，明日仍是未知，而當下是上天給的禮物。」活在當

市：五南出版社），頁372。

6 崔允漷、沈毅、林榮湊等：〈課堂觀察20問答〉，《當代教育科學》第24期，頁6-16。

7 洪蘭：〈培養正確表達意思的能力〉，《天下雜誌》網站，2009年6月15日。

下，更可以超越時間的侷限，而在時代的洪流中，留下屬於自己的印記，因此，希望大家要培養閱讀的習慣，努力充實自我，使自己成為知書達禮，具有全方位能力的時代青年，進而營造一個溫馨和諧的書香社會。

主題閱讀應用於高中散文教學之試探

——以親情散文爲例

楊曉菁*

一　前言

「閱讀」是近幾年蔚然成風的熱門議題，從心理學、語言學角度而言，「閱讀」是語言與思維互動的心理歷程，也就是說「閱讀」必須是讀者與作者之間的交流，讀者理解文章時，需運用自己已有的知識、經驗與感情，以便於和作者的文字符號、旨趣思想進行對話與聯繫。「閱讀」所代表的意涵不單單是透過眼睛去賞讀文字這樣的歷程而已，它其實涵蓋了選擇讀本、汲取知識、理解推論及思考評斷等等能力。而這些能力是屬於每個人都該學習並擁有的，通過這些能力的建置，對於個人在學習及行事的成效上，有一定的幫助。李家同教授曾說，他在教育現場上發現部分學生數學算不來，有些是因為題目讀不懂，所以「閱讀」能力的教學絕非只是語文類科老師的重責，這也是近年來，各界重視閱讀力的主要關鍵。

世界經濟合作發展組織（OECD）就PISA評量提出的閱讀素養架構，從圖表中（見圖一）我們得知閱讀其實是個涵蓋多元文類、多重

* 國立臺灣戲曲學院華語文中心主任。

文本，不分地域及空間都可以施行的活動。而且，它所培養的是一種理解、思辨、探索的主動能力，這樣的能力不僅適用於知識學習上，連生活處事上都可以運用無虞。

但，閱讀是日積月累的，並非一蹴可幾，因此，雖然深知閱讀的重要，但閱讀可以教嗎？教學現場如何教閱讀？尤其在國文此學門中，不像數理科目能夠有確切的公式與規律以進行教學。所以，國文課教閱讀，若僅是以推薦書目、提供書單……等傳統方式，效果可能有限，近來不少以具體方式闡述閱讀原理或方式的文本，提出一些如：「畫線、摘要、偵錯、推論、問答、結構、自詢……」等方法。而其中，外國學者Mortimer J. Adler and Charles Van Doren兩人合作的《如何閱讀一本書》[1]更是許多研究閱讀方法或教育理論者必讀的經典，書中簡要分析出閱讀的四層次，我覺得是有意透過閱讀而有具體收效者必備的認知。

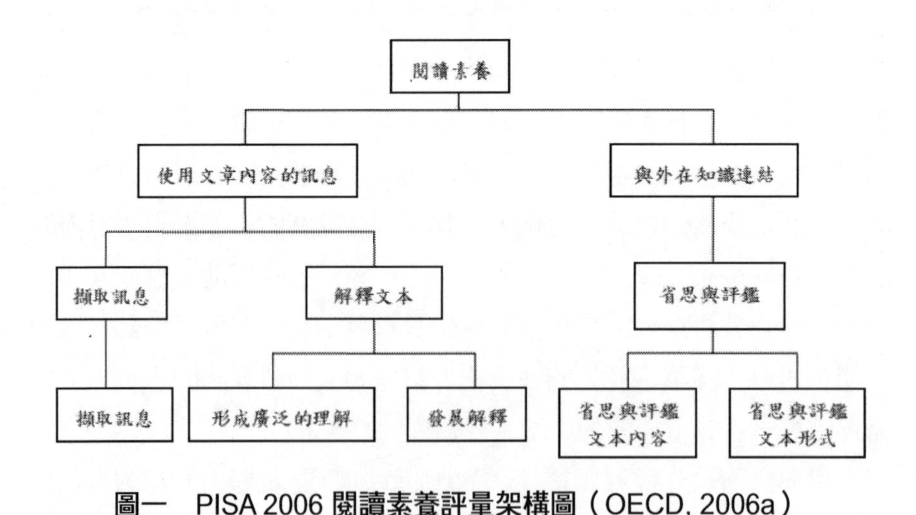

圖一　PISA 2006 閱讀素養評量架構圖（OECD, 2006a）

1　郝明義、朱衣翻譯：《How to read a book》（臺北市：臺灣商務印書館，2003年）。

茲將書中的四層次稍加詮釋後以表格呈現如圖一，此四層次的閱讀，意謂著由淺而深的閱讀歷程。通常進一階的閱讀歷程可以含納前一階的狀態，也就是說進入「主題閱讀」的階段時，前面三項閱讀經歷已包含於其中。本次研究主要是就「主題閱讀」進行設計。

作者理論	實際內涵
基礎閱讀（Beginning Reading）	白紙黑字的認字階段（閱讀在心理學上的意義）
檢視閱讀（Inspectional Reading）	有系統的略讀或粗讀（從章節、目次、寫作大意）
分析閱讀（Analytical Reading）	讀者在精讀過程中提出疑問和作者對話（與作者溝通、判斷主旨、評價賞析、支持或反對的觀點、推論提問）
主題閱讀（Comparative or Syntopical Reading）	主題式的文章進行異同比較

閱讀除了是站在巨人肩膀上遠眺，可以在短時間內汲取他人的精華之外，閱讀也是寫作能力養成最重要的基底磚。多閱讀，長知識，自然有較多的材料在寫作時得以運用。所以，「閱讀」與「寫作」兩者之間實有密不可分的關係，它們類似工廠裡「輸入」與「產出」的鏈結關係。

根據上述Charles Van Doren的論點，筆者便嘗試在高中現代文學教程中進行主題閱讀教學。此次所選擇的文章，分別是朱自清〈背影〉、史鐵生〈秋天的懷念〉、龍應台〈目送〉等三篇。這三篇同樣都以「親情」為主軸，透過同一主題的參照與互見，以進行深度的文本分析與思辨。

二　主題閱讀的意義、內涵及操作

（一）主題閱讀的意義與內涵

主題閱讀是透過同一主題、不同文本的對照閱讀，讓學生透過分析、比較、歸納、區辨……等方式，而使閱讀的深度與廣度同時加強，這是屬於較高層次的閱讀。進行單一文本的閱讀時，對於作者生平事件及寫作風格的牽繫比較深，因為明瞭作者的歷史與事蹟，對文本內容與思想旨趣的理解能更為透徹，但是，此為縱向的加深。如果我們期待閱讀廣度的加強，或是思辨理解能力的提昇與延展，透過「同主題、異文本」的閱讀是必要的方式之一。對於年齡層較高或是閱讀量已臻某種境界的讀者而言，主題閱讀不啻為是一種深刻而精細的閱讀歷程。

以下表格是K-18（幼稚園大班到十八歲）學生的語文學習認知的階段能力，這樣的能力分野有助於教學時的目標設定及教材選擇。

國小階段指標	認字／認詞／記憶／了解
國中階段指標	理解／分析
高中階段指標	鑑賞／評論／演繹／歸納

就上述表格而言，高中生已經有基礎的語文認知能力，是故，教師可以進行深度的「主題閱讀」教學。

（二）主題閱讀的實際操作

一般說來，就閱讀的歷程而言，讀者會有兩種不同的閱讀現象，其一屬於「直接歷程」，這是讀者可以直接從文章中提取資訊的事實層次（也就是從文章表面上可以直接找出答案）。其二屬於「解釋歷程」，這是無法從文章的字裡行間中直接抓取的訊息，讀者必須從文章的概念間進行整合訊息、詮釋概念、假設推論等過程才能完成。而「主題閱讀」既然已跨越單一文本的侷限，進入較為深刻的思辨理解，因此，上述兩種閱讀歷程勢必包含於其中。

閱讀一篇文章時所該重視的要點到底是什麼？亦即，閱讀時，到底該讀些什麼？要理解什麼？文章何處是重點？是內容旨趣？是言外之意？是寫作手法？是象徵隱喻？還是……？這些都是值得辨析的議題。就一般認知而言，我們多以為文章的旨趣意義（內容層面）是主要核心，而外在形式（包含修辭技巧、寫作手法……等）是次要元素。這樣的認知放在「創作」時，的確是作者應該注意的法則，因為，過分注意形式上的華美，容易讓內容失焦。但是，若就讀者的角度而言，文章內在意涵與外在形式，卻是閱讀文章或文本時，兩道必須等量齊觀的路徑。因為組織結構（篇章脈絡、文章修辭……）的安排是作者思想及意念的呈現方式。所以，內容是根本，形式則是讓這根本廣為人知，易於接受的裝修功夫，兩者應該互為表裡。劉勰在《文心雕龍．情采》篇云：

> 聖賢書辭，總稱文章，非采而何？夫水性虛而淪漪結，木體實而花萼振，文附質也。虎豹無文，則鞟同犬羊；犀兕有皮，而色資丹漆，質待文也。若乃綜述性靈，敷寫器象，鏤心鳥跡之中，織辭魚網之上，其為彪炳，縟采名矣！

上述文句正說明了文與質的配合是成就一部本文的必備條件。因此，筆者在進行主題閱讀教學之前，先行爬梳整理各獨立文本的內容與形式，接著再進行跨文本的對望。根據《如何閱讀一本書》的作者所言，主題閱讀有五個步驟：一、找到相關的章節。二、帶引作者與你達成共識。三、釐清問題。四、界定主要及次要的議題。五、分析討論。筆者以為，這些步驟又與文章的文體及內容有關連性，並非所有文類、在進行主題閱讀時文本皆需要經歷上述的歷程，讀者可以自行伸縮。

三　主題閱讀教學法之教學實例

主題閱讀的教學在高中課程中施行，其主要目的是增進學生思辨及探索的能力。此次所擬定的主軸在「親情」，而揀擇的三篇文章，按照作者出生時間的先後，依序是朱自清〈背影〉、史鐵生〈秋天的懷念〉、龍應台〈目送〉。這三文雖然都以「親情」為主題，但是在立意取材、寫作視角及表現手法上有所不同，這是因為作者們企圖傳達的訊息不同所導致。

三篇文章的共相——「親情」，都是以抒發父母與子女間的情感為核心所寫就的作品。但在共相之外，它們有其各自獨特的異相，在共相與異相之間的思辨與咀嚼，便是主題閱讀教學時要進行的重點——分析與討論。除了主題近似之外，三文在文體上都是屬於記敘兼抒情的形式，但是記敘的方式、抒情的技巧及比重的安排上並不相同。

以「抒情」而言，它是抒發作者主觀情感的技法，一般可以分成直接抒情與間接抒情兩大類。間接抒情又可以分為因事緣情、托物言情、借景抒情三種。

此次三篇選文，針對情感的處理方式多採用間接抒情的方式，較為含蓄委婉而意味悠長。如〈背影〉一文，作者以車站送別一事來「因事緣情」，又透過父親買橘子的場面以「借景抒情」，後再以橘子這個物象「托物言情」，這都是抒情技巧的極致發揮。記敘與抒情兩種文體常常都是彼此交融互補。記敘過於平淡，沒有抒情為輔，則欠缺情韻；抒情若過於氾濫直接，失去記敘的斧正，則有為文造情之感。

基於主題教學的核心思想：在具有共同主題的文本中進行橫向連結，彼此觀照，並融通比較。由於文本之間要橫向聯繫，各自獨立文本的閱讀與爬梳必須有共同的基準，以利觀照時能有相同的立基點。所以，主題教學進行時，三篇文章的閱讀理解與分析項目必須一致，循此脈絡，筆者建構出三個主題閱讀時的觀察向度分別是：「內容——大意旨趣」、「形式——結構脈絡」、「寫作手法」，這三個向度對於理解一篇文章的內緣與外延有其基本的功能。

此外，進行分析討論之前，我們可以先行將文章的異與同稍行爬梳整理以明其眉目，俾便後續分析討論時有先備知識的材料。（見下表一）

表一

	背影	**秋天的懷念**	**目送**
立意	追憶一段平實卻深刻的父子之情	追憶一段與母親間的遺憾往事	以自己是女兒也是母親的雙向凝視，記敘親情的情貌
取材	父子兩人浦口車站分別的情形	母親兩度邀約作者北海賞花一事，未能成行	孩子漸漸成長及父親老去病故這兩件事為材料

	背影	秋天的懷念	目送
記敘方式	現在→過去→現在（回憶）	過去→現在（回憶）	作者與兒子→時間順序 作者與父親→空間場景
情感類型	父子之情	母子之情	母子之情及父女之情

（一）朱自清〈背影〉

1　內容——大意旨趣

親情是難以割裂的血緣關係，親情的畫面與場景通常是家常的、平凡的，是廚房裡辛勤烹煮的母親，是客廳中無奈轉動著遙控器的父親。所以，親情絕非海枯石爛、拔地擎天的磅礴，它是一連串瑣碎的細節所拼湊出實心的、堅硬的、牢固的動人情感。

〈背影〉一文是許多人中學國文課裡關於親情書寫的共同回憶，在那樣保守的年代，父親與兒子兩個男人之間如何表達彼此的情感與關懷？朱自清以淺淡自然的筆觸揮灑出一場擲地有聲的親情交鋒。

如果我們被朱自清的〈背影〉打動過，絕非只為了那個逼真的月臺和背影，而是他召喚出讀者的某些經驗。也許在不同時刻、不同形式或不同場景，許多人都曾經殘忍的嘲笑、漠視父母之愛，但未能如朱自清般回顧凝視，並提煉書寫。這記憶潛藏在忙亂的日常生活底層，是一道幾乎看不見的傷痕，後來被朱自清用他的經驗和文字照亮，照亮了我們未曾言說的相似心情。[2]

2　參見王萬儀：《現代白話文寫作類型研究》（新竹市：國立清華大學中文研究所

因此，〈背影〉不只是朱自清對於父親的凝視，也是我們許許多多為人子女在驀然回首之時，重新翻讀省視屬於自己的親情演出。

朱自清二十歲那年（民國六年冬天），當時父親一生中最好的差事丟了，又遇到祖母去世，朱自清從北平到徐州，要和父親一起回揚州奔喪。辦完喪事，父親要前往南京謀事；朱自清則回北京大學哲學系唸書，父子倆從揚州同行至浦口車站，朱自清藉由一段車站裡的小故事刻畫父親對子女無盡的愛。

2 形式——結構脈絡

〈背影〉以一場車站父子送別的故事開始，作者描寫一位不擅於言詞表意卻滿懷情感的父親，如何透過細微平常的動作（囑咐門房關照、穿越火車軌道買橘子、講價錢……），流露對兒子的關懷之情。

作者曾說自己寫〈背影〉一文主要是因為接到父親的家書後，往日與父親聯繫的情景一一近逼眼前。因此，全文在脈絡上的安排便從現在跌進回憶當中，最後又拉回現實。而在其中諸多回憶的場景裡，作者又聚焦於一場在火車站送別的點滴。

時間安排：今——昔——今（鏡框式）
空間場景：車站月台上

3 寫作手法

全文以第一人稱「我」的視角（朱自清）來書寫父親。作者在寫作手法上，以敘事及描寫為主，對話為輔，即使在文中偶爾出現對

博士論文，2010年7月），頁97-99。

話，也多為簡短的句子。整篇文章透過作者的眼載錄關於父愛的幾起片段畫面，簡單平實，卻因為與閱讀者的生命經驗連結而引起共鳴。

本文的重點為「父愛」，作者是如何展現父愛的內涵呢？主要是透過兩層面向來發展，其一是呈現作者內心的想法與辨證過程，其二是描述父親細瑣的關懷動作。循此，筆者嘗試將文章的內容尋章摘句，分成「作者」與「父親」兩個部分加以剖析父子之間的互動與關愛。（見表二）

表二

	作者在刻畫父親形象上主要著眼於動作呈現、樸素穿著	**作者關於自己的敘述著眼於對父愛的理解及懊悔**
課文摘錄與分析（一）	過鐵道時，他先將橘子散放在地上，自己慢慢爬下，再抱起橘子走。到這邊時，我趕緊去攙他。他和我走到車上，將橘子一股腦兒放在我的皮大衣上。於是撲撲衣上的泥土，心裡很輕鬆似的，過一會說，「我走了，到那邊來信！」我望著他走出去。他走了幾步，回過頭看見我，說：「進去吧，裡邊沒人。」等他的背影混入來來往往的人裡，再找不著了，我便進來坐下，我的眼淚又來了。（以平實、簡單的動作表達父親對兒子深度的愛）	囑我路上小心，夜裡要警醒些，不要受涼，又囑託茶房好好照應我。我心裡暗笑他的迂，他們只認得錢，托他們直是白托！而且我這樣大年紀的人，難道還不能料理自己麼？唉，我現在想想，那時真是太聰明了。（作者內心的自省與思緒的辯證，顯示對於父愛的瞭解及接受。）

	作者在刻畫父親形象上主要著眼於動作呈現、樸素穿著	**作者關於自己的敘述著眼於對父愛的理解及懊悔**
課文摘錄與分析（二）	父親是一個胖子，走過去自然要費事些。我本來要去的，他不肯，只好讓他去。我看見他戴著黑布小帽，穿著黑布大馬褂，深青布棉袍，蹣跚地走到鐵道邊，慢慢探身下去，尚不大難。可是他穿過鐵道，要爬上那邊月台，就不容易了。他用兩手攀著上面，兩腳再向上縮；他肥胖的身子向左微傾，顯出努力的樣子。這時我看見他的背影，我的淚很快地流下來了。（描述父親樸拙的穿著一如天下其他的父親，並且以電影鏡頭的運鏡方式，一步一步地挪移切換，將極為平常的「買橘子」一事，透過細筆描摹，近逼在讀者眼前，讓人領悟父愛的平常及綿密）	我買票，他忙著照看行李。行李太多了，得向腳夫行些小費，才可過去，他便又忙著和他們講價錢。我那時真是聰明過分，總覺他說話不大漂亮，非自己插嘴不可。但他終於講定了價錢，就送我上車。（作者的自省與反思）

（二）史鐵生〈秋天的懷念〉

1 內容——大意旨趣

本文與〈背影〉同樣屬於回憶性質的文章，在某個秋天，作者追想起自己當年與母親的一場未竟之夢。作者於雙腿殘廢後，性情暴躁，憤世嫉俗，母親一直無怨無悔地照顧他，並且小心翼翼地忍受作者的脾氣，甚至連自身罹患重病都渾然未覺，直到母親離開人世後，作者才深刻感受自己的不孝及母親那無限的愛。

2 形式——結構脈絡

層次（一）母親邀請作者去賞花→第一次賞花

作者反應：暴怒式的拒絕。

母親反應：母親悄悄地出去，等兒子平靜了又悄悄地進來。

伏筆：母親當時的肝病已經很嚴重了，作者卻沒有發覺。

層次（二）母親邀請作者去賞花→第二次賞花

母親：憔悴的臉上現出央求的神色，希望帶兒子去北海賞花。

作者：答應母親的要求，母親高興地出去準備。

結果：母親這一出去就再也沒回來了。

層次（三）結局：母親離開人間

母親這一出去竟成永別，昏迷前掛念的是殘廢的兒子與未成年的女兒。多年後，又是秋天，作者的妹妹推他去北海賞花，他完全明白母親當年的心意。

3 寫作手法

全文沒有太多情緒性的字眼怨懟、責怪自己的無知與不孝，純然透過場面的刻畫及描摹，讓讀者進入情節中以感受作者的心緒。遣詞用字上的到位是本文的一大特點，看似稀鬆平常的瑣事記敘，卻流露最真摯深刻的情感。例如：作者在描寫母親的動作時，透過疊字詞，將媽媽平凡、平常的關愛描摹得活靈活現，堪稱妙絕。

除此之外，在其他情節安排上，也可以見到疊字詞的運用，如：「我沒想到她已經病成那樣，看著三輪車遠去，也絕沒有想到竟是永遠永遠的訣別。」、「白色的花高潔，紫色的花熱烈而深沉，潑潑灑灑，在秋風中正開得爛漫」這些疊字詞讓文章有著和藹可親、平易近人的況味。親情從來就是如此家常、如此平凡，看似輕盈，卻有著重於泰山的份量，作者看似輕描淡寫、信筆拈來的寫作手法，卻讓整篇文章擲地有聲。

（三）龍應台〈目送〉

1　內容——大意旨趣

作者安排兩段親情故事，一段是身為母親的她伴隨兒子成長的心境感受；另一段是身為女兒時，與父親相處的點滴。全文以孩子漸漸成長及父親老去病故這兩件事為敘述主軸，透過作者眼睛不斷地目送，卻無能做任何挽留進而產生淡淡的哀傷並流露深沉的省思。作者同時是女兒，也是母親，一個自我，兩種身分，站在時間的路口流洩無限眷戀的惆悵。

2　形式——結構脈絡

作者於本文中安排兩條主軸來串起全文，其一是自己與兒子，其二是自己與父親。而在這兩條主軸的銜接上，作者運用段落的重複來過渡：「我慢慢地、慢慢地瞭解到，所謂父女母子一場，只不過意味著，你和他的緣分就是今生今世不斷地在目送他的背影漸行漸遠。你站立在小路的這一端，看著他逐漸消失在小路轉彎的地方，而且，他用背影默默告訴你：不必追。」造成餘韻繞樑的效果。

（1）關於兒子的敘述方式：依照時間順序為主，輔以場景之變化。

A 小學時，兒子對母親的依戀

B 十六歲，兒子到美國當交換學生

C 二十一歲，兒子就讀作者任教的大學

（2）關於父親的敘述方式：透過空間場景的變化，來寄寓情感。

A 父親載送作者至任教大學報到

B 作者在醫院裡看望病中的父親

C 火葬場爐門前的最後一次目送

3 寫作手法

本文題目為「目送」，所以作者在選取材料時，主要以「視覺現象」為描述重點，透過作者這一方主動觀察者的「眼睛」，來記敘被觀察者——兒子與父親的種種動作舉措。例如：站在高樓目送在車站候車的兒子；站在火葬場前，目送父親的棺木被火逐漸吞噬……。題目與內文緊緊相扣合，構成一篇組織脈絡與內容旨趣結合緊密的高密度作品。

此外，全文以敘事、摹寫為主要書寫手法，甚少透過純粹抒情來彰顯內心情感，這也是一種「寓情於景」的寫作方式。例如：「他在長長的行列裡，等候護照檢驗；我就站在外面，用眼睛跟著他的背影一寸一寸往前挪。終於輪到他，在海關窗口停留片刻，然後拿回護照，閃入一扇門，倏忽不見。我一直在等候，等候他消失前的回頭一瞥。但是他沒有，一次都沒有。」這段文字其實在描述身為一個母親的失落與悵然，但整段不見任何情緒性的文字，純然透過敘事與摹寫來寄寓她的情感。又如：「華安上小學第一天，我和他手牽著手，穿過好幾條街，到維多利亞小學。」則是一段敘事的文字，而摹寫部分，如：「九月初，家家戶戶院子裡的蘋果和梨樹都綴滿了拳頭大小的果子，枝枒因為負重而沈沈下垂，越出了樹籬，勾到過路行人的頭髮。」則是透過視覺來摹寫果子豐富所帶來的沉甸甸畫面。

（四）思辨教學——分析與討論

1. 個別篇

〈背影〉問題思辨

	本文題目為〈背影〉，請你統整一下「背影」一詞在文章中共出現幾次？父親的背影出現時，作者所呈現的情緒或動作是什麼呢？你從中發現了什麼？
1	參考答案：四次，第一次是介紹性的說明，其餘三次都是父親的背影引逗作者的情緒與動作，後三次的背影出現時，朱自清都偷偷流下了感動的淚。
	朱自清〈背影〉一文透過父親的「背影」來記敘一段令人動容的父子之情，請問你想到以哪些物件來象徵父親或母親，寫出三個，並稍加說明它的意義。
2	參考答案：父親→以「皮鞋」答答的聲音表示勞碌奔波的辛勞。母親→「炒菜鍋」每天不停地翻炒出一盤盤香氣四溢的菜餚，餵養著張大嘴的孩子們。

〈秋天的懷念〉問題思辨

<table>
<tr><td rowspan="2">1</td><td>作者雙腿殘廢後，脾氣變得暴躁，在文章中作者如何呈現自己如不定時炸彈的情緒呢？</td></tr>
<tr><td>參考答案：作者描述自己在平和優美的場景或氛圍中會忽然暴怒，例如：望著望著天上北歸的雁陣，我會突然把面前的玻璃砸碎；聽著聽著李谷一甜的歌聲，我會猛的把手邊的東西摔向四周的牆壁。</td></tr>
<tr><td rowspan="2">2</td><td>請問文中一共出現幾次「悄悄地」一詞？各是在什麼樣的情況下出現？</td></tr>
<tr><td>參考答案：三次。
第一次→當作者總是無緣無故暴怒時，母親這時候就悄悄地躲出去。
第二次→當作者情緒平靜時，母親又悄悄地進來了。
第三次→作者答應去北海賞花時，母親開心地悄悄出去準備了。</td></tr>
<tr><td rowspan="2">3</td><td>呈上題，作者描述這些含有「悄悄地」一詞的句子有何用意？</td></tr>
<tr><td>參考答案：自從作者雙腿殘廢之後，脾氣異常，母親無時無刻不細心呵護，對於作者的情緒都要完全接受，因此以「悄悄地」一詞生動刻畫母親細膩而關愛的動作。</td></tr>
</table>

〈目送〉問題思辨

1	請你找出貫串全文的符碼是哪個詞語，也就是說作者使用哪個詞語來跟題目扣合呢？
	參考答案：「背影」。本文題為「目送」，作者透過眼睛的視覺摹寫來刻畫目送父親與兒子的歷程與感受，因此文中不斷出現「背影」一詞，背影是觀看者才能洞悉的，當事人並不能察覺，觀看者的無限情思都在看到「那人」背影的瞬間迸發，這和朱自清的〈背影〉有著異曲同工之趣。
2	請問以下這段文字在文中出現兩次的用意是什麼，它有什麼作用呢？ 我慢慢地、慢慢地瞭解到，所謂父女母子一場，只不過意味著，你和他的緣分就是今生今世不斷地在目送他的背影漸行漸遠。你站立在小路的這一端，看著他逐漸消失在小路轉彎的地方，而且，他用背影默默告訴你：不必追。
	參考答案：其一它可以作為承上啟下的過渡橋段。再者全文安排了兩條主線，母親與兒子及父親與女兒，在每一條主線結束時，透過上述段落來作結，是一個巧妙的安排，以突顯全文旨趣。

2. 整合篇——綜合思辨比較

1	王國維曾說：「昔人論詩詞，有景語、情語之別，不知一切景語皆情語也。」 他的意思是說在中國傳統詩文中，雖然有抒情及寫景兩種分野，但是許多景物或場景的描述，其實已然有了作者情感的投射。所以，所謂的「情語」、「景語」之別可以一言以蔽之，那就是「一切景語皆情語」。請就三篇文章中分別舉出蘊含情語的景語。

	參考答案： A　又是秋天，妹妹推我去北海看了菊花。那黃色的花淡雅，白色的花高潔，紫色的花熱烈而深沉，潑潑灑灑，在秋風中正開得爛漫。 B　博士學位讀完之後，我回臺灣教書。到大學報到第一天，父親用他那輛運送飼料的廉價小貨車長途送我。到了我才發覺，他沒有開到大學正門口，而是停在側門的窄巷邊。卸下行李之後，他爬回車內，準備回去，明明啟動了引擎，卻又搖下車窗，頭伸出來說：「女兒，爸爸覺得很對不起你，這種車子實在不是送大學教授的車子。」
2	意象的運用，在詩詞韻文中頗為普遍，「意象」一詞，簡單地說就是將作者的心意通過比喻、象徵、寄託等手法寄寓在客觀物象上。用另一種說法就是寓「意」於「象」，以外在物象表達內心情意的意思。上述三篇文章中的作者皆適時採用意象以突顯文意。如：〈背影〉中的橘子，是溫暖父愛的意象。請就三篇文章中找出使用意象的部分。
	參考答案： A　他用兩手攀著上面，兩腳再向上縮；他肥胖的身子向左微傾，顯出努力的樣子。（藉由刻畫父親攀爬月台的辛苦寄託父愛的深刻）（〈背影〉） B　母親喜歡花，可自從我癱瘓以後，她侍弄的那些花兒都死了。（以「物象」——花兒死了，象徵母親因為忙於照顧作者而疏於照看花兒）（〈秋天的懷念〉） C　一會兒公車來了，擋住了他的身影。車子開走，一條空蕩蕩的街，只立著一只郵筒。（以物象「郵筒」來象徵空寂） D　我看著他的小貨車小心地倒車，然後噗噗駛出巷口，留下一團黑煙。直到車子轉彎看不見，我還站在那裡，一口皮箱旁。

3	請問閱讀完這三篇親情文章後，你最喜歡的是哪一篇？原因是？因為它的寫作方式特殊獨到？因為它的故事內容引起共鳴？還是……，請說出原因。
4	主題閱讀後的實作能力——寫作實驗室 步驟一：寫作前，請先整理思緒，想一想，如果你要寫一篇與親情有關的文章，你想寫誰？為什麼？（如何審題及立意？）
	步驟二：當你選定了要描寫的主體之後，請你想一想，你要怎麼取材（如何選擇適合的題材）？ A　曾經有什麼事件，是關於你和他的，而讓你難忘的？ B　曾經有什麼物件，是關於你和他的，每每看見就睹物情深或興起情感？ C　曾經有什麼空間或場景，具有某種意義，讓你刻骨銘心？ 步驟三：謀篇布局 畫個心智圖或樹狀圖，稍微安排一下你的文章段落配置，就像房子的設計圖一樣，餐廳、廚房要在哪兒？書房、臥室又要在哪裡呢？如此，比較能掌握全文的發展。 步驟四：遣詞用字、行文書寫

四　省思與檢討

此次進行的主題閱讀教學，有兩重目標，其一是開拓出白話文教學的新視野，其二是提昇並響應閱讀力為主軸的教學模式。在經歷許多單一文本的閱讀之後，以橫向開發為理念的主題式閱讀，它的學習重點不再停留於字詞意義的瞭解、段落如何銜接以成篇章……等等，更重要的是針對不同文本進行思索與探問，以區辨出它們在同一概念中所發展出不同面相的企圖與想法。

主題式閱讀提供學生擴展自己的見識與視野，並藉由比較與分析，訓練思辨、提問及探索的能力。而「親情」的主題在漸漸成長的孩子的世界裡，似乎容易被友情、愛情所替代，慢慢不被重視了。所以，此次親情主題的教學也可視為一種「生命教育」課程，它召喚了孩子對於親情的再度凝視及關注。

除了閱讀思辨能力的提昇之外，三篇文章在篇章結構的安排上，脈絡清晰而銜接流暢，呈現出作者的思緒條理分明，且能清楚完整表意。這對於學生在寫作上的學習是極其重要。日常批閱學生作文時，常常遇到的現象是：辭不達意，語言邏輯不清楚，想說的話跟寫出來的文字無法密合，這樣的情形不只造成文句邏輯產生謬誤，也會讓文章的段落安排沒有脈絡可循。透過主題閱讀教學其實也是幫助學生把流動的凌亂思緒進行釐清與整理。創作從仿效入手並非壞事一樁，許多藝術文學大師不諱言自己學習歷程中，總有一個典範導師，從模仿而後脫胎創造出屬於自己的風格，這是主題閱讀教學的另一目標——寫作能力的培養。

基於預先期待的教學理想，因此，在進行三篇獨立文本的各自閱讀指導時，形式上的篇章結構是教學的向度之一，希望幫助學生透過有系統的架構與脈絡建立學會爬梳整裡流動的、跳躍的、多元的思考。如此的教學設計概念與近年來極為風行的「心智圖」有異曲同工之妙。

因此，透過獨立文本的縱向閱讀及多重文本的橫向連結，此二者彼此交合出一個完善而豐沛的閱讀座標，是主題閱讀所期許的終極目標。

五　結語

閱讀是一席獨享的華美盛宴，酸甜苦辣的各種滋味，全由你細細品嚐！它是一趟最精省的豐沛旅程，因為讀者能夠在最短的時間內，穿越時空，汲取他人智慧精華，所以「閱讀」的確等於「悅讀」。但，如果你希望透過閱讀而培養能力（閱讀力是各學科皆該擁有的基礎能力），例如：思辨、探索、分析、組織、歸納……等等，那麼有方法、有策略、有步驟的閱讀教學是必須的。

就學生的認知學習歷程而言，高中階段學生已可以進行「分析閱讀」、「主題閱讀」。「分析閱讀」是一種單一文本的精讀過程，是讀者與作者溝通、判斷主旨、評價賞析、對內容提出支持或反對的觀點、推論提問……。而「主題閱讀」則是在「分析閱讀」的基礎上進行橫向的開展，從多文本的閱讀中發展異同的思辨與評論。這樣的訓練所培養出的是帶得走並用得到的真正能力，也是可以運用在不同學門的基礎能力。

根據臺灣參加二〇〇六年PISA的結果報告[3]顯示，我國學生的數學素養表現亮麗引人注目；科學素養方面，解釋科學現象能力表現較佳，形成科學議題及科學舉證能力則有待加強；閱讀素養方面，學生針對閱讀內容進行反思和評鑑的能力較弱，還有很大的進步空間。根據以上的論述，我們知道閱讀能力的貧弱是目前臺灣學生一個較為普遍的現象。閱讀量的不足、閱讀品質的停滯、閱讀教學未能落實、閱讀方法及策略的不明確……等等，都可能是造成學生閱讀素養不足的原因。如果能從教育場所中協助進行學生閱讀能力的質、量提昇，不

3　參見〈臺灣參加PISA2006成果報告〉主編：林煥祥，執筆：林煥祥、劉聖忠、林素微、李暉，見http://pisa.nutn.edu.tw/download/2006pisa/2006PISA.pdf

啻為閱讀教學的新契機。

附錄一

朱自清〈背影〉

我與父親不相見已有二年餘了，我最不能忘記的是他的背影。

那年冬天，祖母死了，父親的差使也交卸了，正是禍不單行的日子，我從北京到徐州，打算跟著父親奔喪回家。到徐州見著父親，看見滿院狼藉的東西，又想起祖母，不禁簌簌地流下眼淚。父親說，「事已如此，不必難過，好在天無絕人之路！」

回家變賣典質，父親還了虧空；又借錢辦了喪事。這些日子，家中光景很是慘淡，一半為了喪事，一半為了父親賦閒。喪事完畢，父親要到南京謀事，我也要回到北京唸書，我們便同行。

到南京時，有朋友約去遊逛，勾留了一日；第二日上午便須渡江到浦口，下午上車北去。父親因為事忙，本已說定不送我，叫旅館裡一個熟識的茶房陪我同去。他再三囑咐茶房，甚是仔細。但他終於不放心，怕茶房不妥貼；頗躊躇了一會。其實我那年已二十歲，北京已來往過兩三次，是沒有甚麼要緊的了。他躊躇了一會，終於決定還是自己送我去。我兩三回勸他不必去，他只說：「不要緊，他們去不好！」

我們過了江，進了車站。我買票，他忙著照看行李。行李太多了，得向腳夫行些小費，才可過去，他便又忙著和他們講價錢。我那時真是聰明過分，總覺他說話不大漂亮，非自己插嘴不可。但他終於講定了價錢，就送我上車。他給我揀定了靠車門的一張椅子，我將他給我做的紫毛大衣鋪好坐位。他囑我路上小心，夜裡要警醒些，不要受涼，又囑託茶房好好照應我。我心裡暗笑他的迂，他們只認得錢，托他們直是白托！而且我這樣大年紀的人，難道還不能料理自己麼？唉，我現在想想，那時真是太聰明了。

我說道：「爸爸，你走吧。」他往車外看了看，說：「我買幾個橘子去。你就在此地，不要走動。」我看那邊月台的柵欄外有幾個賣東西的等著顧客。走到那邊月台，須穿過鐵道，須跳下去又爬上去。父親是一個胖子，走過去自然要費事些。我本來要去的，他不肯，只好讓他去。我看見他戴著黑布小帽，穿著黑布大馬褂，深青布棉袍，蹣跚地走到鐵道邊，慢慢探身下去，尚不大難。可是他穿過鐵道，要爬上那邊月台，就不容易了。他用兩手攀著上面，兩腳再向上縮；他肥胖的身子向左微傾，顯出努力的樣子。這時我看見他的背影，我的淚很快地流下來了。我趕緊拭乾了淚，怕他看見，也怕別人看見。我再向外看時，他已抱了朱紅的桔子往回走了。過鐵道時，他先將橘子散放在地上，自己慢慢爬下，再抱起橘子走。到這邊時，我趕緊去攙他。他和我走到車上，將橘子一股腦兒放在我的皮大衣上。於是撲撲衣上的泥土，心裡很輕鬆似的，過一會說，「我走了，到那邊來信！」我望著他走出去。他走了幾步，回過頭看見我，說：「進去吧，裡邊沒人。」等他的背影混入來來往往的人裡，再找不著了，我便進來坐下，我的眼淚又來了。

近幾年來，父親和我都是東奔西走，家中光景是一日不如一日。他少年出外謀生，獨立支持，做了許多大事。哪知老境卻如此頹唐！他觸目傷懷，自然情不能自已。情鬱於中，自然要發之於外，家庭瑣屑便往往觸他之怒。他待我漸漸不同往日。但最近兩年不見，他終於忘卻我的不好，只是惦記著我，惦記著我的兒子。我北來後，他寫了一封信給我，信中說道，「我身體平安，惟膀子疼痛利害，舉箸提筆，諸多不便，大約大去之期不遠矣。」我讀到此處，在晶瑩的淚光中，又看見那肥胖的青布棉袍，黑布馬褂的背影。唉！我不知何時再能與他相見！

1925年10月在北京

附錄二

史鐵生〈秋天的懷念〉

雙腿癱瘓以後，我的脾氣變得暴怒無常。望著望著天上北歸的雁陣，我會突然把面前的玻璃砸碎；聽著聽著李谷一甜美的歌聲，我會猛的把手邊的東西摔向四周的牆壁。母親這時候就悄悄地躲出去，在我看不見的地方偷偷地聽我的動靜。當一切恢復沉寂，她又悄悄地進來，眼圈紅紅的，看著我。「聽說北海的花兒都開了，我推著你去走走。」她總是這麼說。母親喜歡花，可自從我癱瘓以後，她侍弄的那些花兒都死了。「不，我不去！」我狠命的捶打這兩條可恨的腿，喊著：「我活著有甚麼勁！」母親撲過來抓住我的手，忍住哭聲說：「咱娘兒倆在一塊兒，好好兒活、好好兒活……」

可我一直都不知道，她的病已經到了那步田地。後來妹妹告訴我，母親常常肝疼得整宿翻來覆去睡不著覺。

那天，我又獨自坐在屋裡，看著窗外的樹葉「唰唰啦啦」的飄落。母親進來了，擋在窗前，「北海的菊花開了，我推你去看看吧。」她憔悴的臉上現出央求的神色。「甚麼時候？」「你要是願意，就明天？」她說。我的回答已經讓她喜出望外了。「好吧，就明天。」我說。她高興得一會兒坐下，一會兒站起。「那就趕緊準備準備。」「哎呀，煩不煩？幾步路，有甚麼好準備的！」她也笑了，坐在我身邊，絮絮叨叨的說著：「看完菊花，咱們就去『仿膳』，你小時候最愛吃那兒的豌豆黃兒，還記得那回我帶你去北海嗎？你偏說那楊樹花是毛毛蟲，跑著，一腳踩扁一個……」她忽然不說了。對於

「跑」和「踩」一類的字眼兒，她比我還敏感。她又悄悄地出去了。

她出去了，就再也沒有回來。

鄰居們把她抬上車的時候，她還在大口大口地吐著鮮血，我沒想到她已經病成那樣，看著三輪車遠去，也絕沒有想到竟是永遠永遠的訣別。鄰居的小伙子背著我去看她的時候，她正艱難地呼吸著。別人告訴我，她昏迷前的最後一句話是：「我那個有病的兒子和我那個還未成年的女兒……」

又是秋天，妹妹推我去北海看了菊花。那黃色的花淡雅，白色的花高潔，紫色的花熱烈而深沉，潑潑灑灑，在秋風中正開得爛漫。我懂得母親沒有說完的話，妹妹也懂。我倆在一塊兒，要好好兒活……

附錄三

龍應台〈目送〉

華安上小學第一天，我和他手牽著手，穿過好幾條街，到維多利亞小學。九月初，家家戶戶院子裡的蘋果和梨樹都綴滿了拳頭大小的果子，枝枒因為負重而沈沈下垂，越出了樹籬，勾到過路行人的頭髮。

很多很多的孩子，在操場上等候上課的第一聲鈴響。小小的手，圈在爸爸的、媽媽的手心裡，怯怯的眼神，打量著周遭。他們是幼稚園的畢業生，但是他們還不知道一個定律：一件事情的結束，永遠是另一件事情的開啟。

鈴聲一響，頓時人影錯雜，奔往不同方向，但是在那麼多穿梭紛亂的人群裡，我無比清楚地看著自己孩子的背影——就好像在一百個嬰兒同時哭聲大作時，你仍舊能夠準確聽出自己那一個的位置。華安背著一個五顏六色的書包往前走，但是他不斷地回頭；好像穿越一條無邊無際的時空長河，他的視線和我凝望的眼光隔空交會。

我看著他瘦小的背影消失在門裡。

十六歲，他到美國作交換生一年。我送他到機場。告別時，照例擁抱，我的頭只能貼到他的胸口，好像抱住了長頸鹿的腳。他很明顯地在勉強忍受母親的深情。

他在長長的行列裡，等候護照檢驗；我就站在外面，用眼睛跟著他的背影一寸一寸往前挪。終於輪到他，在海關窗口停留片刻，然後拿回護照，閃入一扇門，倏忽不見。我一直在等候，等候他消失前的回頭一瞥。但是他沒有，一次都沒有。

現在他二十一歲，上的大學，正好是我教課的大學。但即使是同路，他也不願搭我的車。即使同車，他戴上耳機——只有一個人能聽的音樂，是一扇緊閉的門。有時他在對街等候公車，我從高樓的窗口往下看：一個高高瘦瘦的青年，眼睛望向灰色的海；我只能想像，他的內在世界和我的一樣波濤深邃，但是，我進不去。一會兒公車來了，擋住了他的身影。車子開走，一條空蕩蕩的街，只立著一只郵筒。

我慢慢地、慢慢地瞭解到，所謂父女母子一場，只不過意味著，你和他的緣分就是今生今世不斷地在目送他的背影漸行漸遠。你站立在小路的這一端，看著他逐漸消失在小路轉彎的地方，而且，他用背影默默告訴你：不必追。

我慢慢地、慢慢地意識到，我的落寞，彷彿和另一個背影有關。

博士學位讀完之後，我回臺灣教書。到大學報到第一天，父親用他那輛運送飼料的廉價小貨車長途送我。到了我才發覺，他沒有開到大學正門口，而是停在側門的窄巷邊。卸下行李之後，他爬回車內，準備回去，明明啟動了引擎，卻又搖下車窗，頭伸出來說：「女兒，爸爸覺得很對不起你，這種車子實在不是送大學教授的車子。」我看著他的小貨車小心地倒車，然後噗噗駛出巷口，留下一團黑煙。直到車子轉彎看不見，我還站在那裡，一口皮箱旁。

每個禮拜到醫院去看他，是十幾年後的時光了。推著他的輪椅散步，他的頭低垂到胸口。有一次，發現排泄物淋滿了他的褲腿，我蹲下來用自己的手帕幫他擦拭，裙子也沾上了糞便，但是我必須就這樣趕回臺北上班。護士接過他的輪椅，我拎起皮包，看著輪椅的背影，在自動玻璃門前稍停，然後沒入門後。我總是在暮色沉沉中奔向機場。火葬場的爐門前，棺木是一只巨大而沈重的抽屜，緩緩往前滑行。沒有想到可以站得那麼近，距離爐門也不過五公尺。雨絲被風吹斜，飄進長廊內。我掠開雨濕了前額的頭髮，深深、深深地凝望，希望記得這最後一次的目送。

我慢慢地、慢慢地瞭解到，所謂父女母子一場，只不過意味著，你和他的緣分就是今生今世不斷地在目送他的背影漸行漸遠。你站立在小路的這一端，看著他逐漸消失在小路轉彎的地方，而且，他用背影默默告訴你：不必追。

從PISA文體分類審視中文文體類別之適切性

楊曉菁[*]

一　前言

臺灣自從二〇〇六年參與國際經濟合作組織OECD（OECD的英文全名是「Organization for Economic Cooperation and Development」，中文語譯為「經濟合作發展組織」）所研發的PISA素養評量（PISA的英文全名是「Program For International Student Assessment」，中文語譯為「全球學生評量計畫」）以來，許多相關的討論與研究應運而生。

PISA的評量範疇有三個領域：閱讀素養、科學素養、數學素養。這三大素養都以閱讀為基模形式進行施測。其中與語文相關的是閱讀素養，PISA官方網站（http://www.oecd.org/pisa/）對於閱讀素養的定義：

> Reading literacy is understanding, using and reflecting on written texts, in order to achieve one's goals, to develop one's knowledge and potential and to participate in society.

中文的意思是：閱讀素養是指對文本的理解、應用及投入能力，目

* 國立臺灣戲曲學院華語文中心主任。

的在達成個人目標、發展個人知識與潛能、並有效參與社會活動。

我們試著理解並詮釋如下：閱讀素養是一種綜合性的能力。透過閱讀可以培養理解、分析、探索、評價及創造等能力，而這是在社會生活中用得到、帶得走的實際能力。基於這樣的理念，我們必須思考的是文本閱讀及閱讀教學相關之種種問題，諸如：如何施行閱讀？如何進行教學？閱讀的完整歷程是什麼？閱讀教學有何策略？語文教學與閱讀該如何結合等等。

但是，PISA評量所引發的議題不僅是試題內容設計及試題精神的內涵，它也掀起臺灣社會對於現有教學方式改革的聲浪。所謂「他山之石，可以攻錯」，援引PISA評量的內蘊與臺灣現有教學景況進行對照與比較，進行省思與革新。藉由西方與東方不同文化價值的交會與撞擊，進而能發展出屬於臺灣特色的閱讀素養與教學特色。

而在PISA閱讀素養（reading literacy）的架構組織圖中提及，它們的評量形式主要有兩類，其一是連續文本（continuous text），指的是由字詞、句子、段落所構成具有意義的文本；其二是非連續文本（uncontinuous text），乃是指一些圖表、圖片、廣告、公文、文件等不以文字為唯一表意企圖的文本形式。其中，令人覺得有趣的問題是，在英文使用環境中，它們將一般性文本（連續文本）分成四種文體形式：敘事文（narration）、描寫文（description）、說明文（exposition）、議論文（argumentation）（根據pisa2012版本閱讀架構中對於文體的分類共有幾項，除了上述四項之外，尚有：instruction〔sometimes called injunction〕使用說明、用法指南一類；document or record 文件或記錄一類；hypertext是指超文本；transaction具有特殊功能性的文章，像是e-mail、message）。這樣的分類法和中文習慣將文體分為記敘文、抒情文、論說文、應用文四類不盡相同。

比較中文與英文在文體分類的類型，得以察覺，英文中並沒有特別分類出「抒情」這樣的文體。這使人好奇的是，難道英文作品中不需要有抒發情感之處嗎？經由閱讀一些英文作品及進行人員訪談之後，我們發現，英文寫作中並非沒有抒情這樣的需求及企圖，英文使用者認為所謂抒情的展現或意念的表出，是藉由敘事、描寫、說明、議論等不同的寫作方法來呈現[1]。

若依據上述的觀點來省思中文的文體概念，我們可以發現現代語體文裡習用的文類區別原則（記敘文、抒情文、論說文、應用文），其實是雜揉了寫作目的及寫作方法而成（記敘、論說偏向於寫作手法或技巧；而抒情則較為接近寫作目的）。因為，「抒情表意」是任一作者寫作時的終極目的，為了完成「抒情表意」的目的，作者可以運用多樣的寫作方法來呈現，例如：敘事、描寫、說明、議論等等。

因此，將文體的區分原則明確化，特別是中文文體的類別，可以讓讀者在閱讀時更為容易辨析文本的形式與內容的相關問題。這是本次論文試圖想要釐清探究的一個面向。其次，我們閱讀文章時常以某一類文體來區辨它，例如：朱自清〈背影〉是記敘文、周敦頤〈愛蓮說〉是論說文……等等，這是屬於一般性的認知。但是我們知道任何一篇文章，絕非由某種單一的寫作手法可以完成的，也就是說，〈背影〉一文中可能除了記敘之外，也運用抒情、論說等其他技巧，而〈愛蓮說〉也使用了論說之外的記敘手法。所以，斷然以某種文體來標籤某一文本，是否適切呢？這是值得討論商榷的議題。

進一步來說，記敘、抒情、論說這些文體類別的概念，如果用來分析句子、段落的寫作手法或技巧，可能更為適合。例如：朱自清〈背影〉一文開頭說：「我與父親不相見已兩年多，我最不能忘記的

1　訪談自《一生必學的英文寫作》，臺北市：聯經出版社，作者溫宥基老師，英國University of Exeter應用語言所碩士，現任教國立政大附中。

是他的『背影』。」這句話使用的便是記敘手法（此處筆者仍使用「記敘」一詞來說明此句，主要是因為臺灣目前一般語文教育仍習慣以記敘來進行指涉及意指。在尚未對於「記敘」的實際內涵加以區辨之前，先以此稱之）。透過句、段的爬梳與整理，文本的全文組織，便能形成一種有機的、精密性且具結構性的組合。這樣的分析有助於一般人以結構性、邏輯性、系統性的方式進行閱讀及書寫。

本論文的研究問題，來自於筆者對於PISA閱讀素養的核心理念及架構進行解讀之際，發現英文作品中對於文體的分類方式，與臺灣習用的中文文體類別略有出入。因此，希望透過中英文對於文體理論的比較與參照，以釐清其差異之所在，並且嘗試推演出適切的中文文體分類原則及概念。

其次，記敘、抒情、論說是文體的類別，還是文句的寫作類型，也是筆者長期思考的問題，在此次研究中，也一併進行釐清與辨析。

基於上述的問題意識，本文中的西方文體分類基準主要就OECD組織公布的PISA閱讀素養之架構所述為則。[2]而中文文體分類則參考朱光潛、夏丏尊、劉薰宇等人的理論，加以爬梳、融通、整編。因此，論述時，會將中英文兩方理論進行類比（相似處）或對比（相異處），最後推演出於原理原則、方法結構上清楚完整的中文文體分類。循此分類理論，再對文句、段落的形成加以辨析。亦即從點而線而面，自句子的完成、段落的組成，到最後篇章的建立，其實是一個有機的系統化架構。之後，並以〈赤壁賦〉一文當作範例，透過對該文的句、段、章加以分析，以驗證文體類別之理論堅實與否？及文句寫作類型的分析是否適切？

2 見OECD所公布〈PISA2012 Assessment and Analytical Framework〉中關於閱讀架構的說明。http://www.keepeek.com/Digital-Asset-Management/oecd/education/pisa-2012-assessment-and-analytical-framework/reading-framework_9789264190511-4-en.

二　PISA連續文本中揭示的文體分類現象

根據PISA2012所發布的 Reading Literacy Framework（閱讀素養架構），其中在continuous text（連續文本）中關於文類體裁的介紹有如下四類：

（一）Narration is the type of text in which the information refers to properties of objects in time. Narrative texts typically provide answers to "when", or "in what sequence" questions（e.g. a novel, a short story, a biography, a comic strip....）

上述文句是PISA閱讀架構中關於「敘事文」的定義，稍事翻譯如下：

敘事文是一種用來提及描寫對象時間屬性的文體。敘事文一般用來回答「時間點」或「先後順序」的問題（如：小說，短篇故事，傳記，連環圖畫等）。（西方對於敘事有專門的「敘事學」研究，這和本論文所要釐清的敘事（寫作手法）內涵不同）

敘事特別強調線性時間中人物、事物的推展及變化歷程。例如〈蘭亭集序〉：「永和九年歲在癸丑，暮春之初，會於會稽山陰之蘭亭，脩禊事也。」這句話便是典型的敘事句，交代某個時間節令的一場文人聚會。

（二）Description is the type of text in which the information refers to properties of objects in space. Descriptive texts typically provide an answer to "what" questions.（e.g. travelogue or diary...）

上述文句是PISA閱讀架構中關於「描寫文」的定義，稍事翻譯如下：

描寫文是一種用來提及描寫對象空間屬性的文體。描寫文一般用來回答「什麼事物」的問題（如遊記或日記等）。

所謂「描寫」的內涵是藉由文字的敘述，讓讀者覺知作者所欲表達的感官經驗，以喚起讀者的共鳴。從英文原文的定義進行比較，我們發現敘事文（narration）和描寫文（description）的主要差異：前者所強調的是時間性（in time）；後者則是空間性（in space）。

（三）Exposition is the type of text in which the information is presented as composite concepts or mental constructs, or elements into which concepts or mental constructs can be analysed. The text provides an explanation of how the component elements interrelate in a meaningful whole and often answers "how" questions（a scholarly essay, a graph of population trends...）

上述文句是PISA閱讀架構中關於描寫「說明文」的定義，稍事翻譯如下：

說明文所呈現的內容通常是複合概念或思維構想的闡述，有時也是某些可以再分析的概念小元素，它通常能夠提供讀者關於「如何」這類問題的答案。像是：學術性的小論文、人口趨勢圖表……）

說明文主要任務是「說明」予大眾知曉，像是：解說事物、闡明事理、表達意念等等，它通常具有知識性、客觀性、說明性的傾向。

（四）Argumentation is the type of text that presents propositions as to the relationship between concepts, or other propositions. Argumentative texts often answer "why" questions. Another important sub-classification of argumentative texts is persuasive texts.

上述文句是PISA閱讀架構中關於「議論文」的定義，稍事翻譯如下：

議論文主要在呈現個人對於概念、論點的主張，它通常提供「為什麼」這類問題的答案，另一個重要的特點是它具有說服性。

更進一步來說，議論文是利用推理、演繹、歸納等具有邏輯的方式，將自己的論點透過論據予以完整闡釋。因此，作者通常帶有說服的意味，希望個人的見解獲得他人認同。

三　中文文體的分類現象

（一）「記敘文、抒情文、論說文」分類的來由

「敘事、描寫、議論、說明」等四者的分類方式，是傾向以寫作方法（技能層面）作為區辨的基準點。

從民國初年新文學運動以降，在幾位大師的著作中便陸續談及他們對於白話文文體（記敘文、抒情文、論說文）及內容的看法。夏丏尊說：

> 最基本的文章分類法有兩種：一種是作者自己不說話的文章；一種是作者自己說話的文章。前者普通叫做記敘文，後者普通叫做論說文。如果再分得細一些，從上述兩種當中把「記」和「敘」、「論」和「說」分開，就成了四種：一、記述文——記事物的形狀光景。二、敘述文——敘事物的變化經過。三、說明文——說明事物和事理。四、議論文——評論事物，發表主張。[3]

夏丏尊約略提出了文體的四大類別及內涵，其中值得注意的是，他並沒有特別提到抒情文。而朱光潛則說：「宇宙一切的現象都可以

3　見夏丏尊、葉聖陶，〈第五講：文章的分類〉，《文話七十二講》（北京市：中華書局，2013年3月），頁9。

納到四大範疇裡去，就是情、理、事、態。情指喜怒哀樂之類，主觀的感動，理是思想在事物中所推求出來的條理秩序，事包含一切人物的動作，態指人物的形狀。文學的材料就不外這四種，因此文學的功用通常分為言情、說理、敘事、繪態（亦稱狀物或描寫）。」[4]朱光潛以功用目的為基準提出了四種文體的類別。而「敘事」和「繪態」經過演變，逐步轉成了現行中小學語文教材中的「記敘文」了。

朱光潛是以寫作的功能、目的來分別文類，他以為敘事與狀物比較具體，而情感比較抽象，作者若想讓讀者感受到情緒的程度與層次，通常需要依賴情感所由的具體環境來烘托。因此朱光潛說：「言情必須假道於敘事及狀物才能成功。」[5]、「文字有言情、說理、敘事、狀物四大功用，而在文學的文字中，無論是說理、敘事、狀物，都必須流露一種情致。」[6]就朱光潛在《談文學》一書中的說法來看，他並沒有直接明確的表述抒情文的寫作要點及方法，主要是認為言情是通過說理、敘事、狀物的交融而成就的。這樣的觀點和前文述及的英文文體分類概念想法一致（英文文體中沒有專門列出抒情一類，是因為英文書寫中以為抒情必須透過敘事、描寫、說明、議論等方法才能呈現。這與朱光潛對於抒情看法有相近似之處）。英文書寫中以為抒情是透過「敘事、描寫、說明、議論」的方式來完成，於是他們不單獨將抒情特立為一文類，這樣的立基標準來自於英文書寫中以「寫作方法（工具性）」作為文體分類的標準。朱光潛也以為抒情是藉由敘事、狀物等方式才能成功，如此一來，抒情與其他文體的產生原因並不相同，但是他卻將抒情和其他文類並列談論，這是他的論述中有待商榷之處。

---

4 見朱光潛：〈寫作練習〉，《談文學》（臺北市：大坤書局，1998年），頁58。

5 見朱光潛：〈具體與抽象〉，《談文學》，頁144。

6 見朱光潛：〈情與辭〉，《談文學》，1998年，頁150。

事實上，「抒情」不是一種明確的功能性寫作手法，據筆者參閱許多講述文體分類的中文書籍而言，將「抒情文」列為文體的一個類別，是中文文體學普遍認同的觀點。但是，「抒情」它應該是一種「目的」，任何一部作品，作者無非是藉由文字的書寫來表情達意。因此，表「情」（抒發情感）和達「意」（傳播意念），應當是寫作的目的，依照這樣的認知，將抒情和敘事、狀物、論說三類放在同一平臺等量齊觀，並不十分妥切。[7]不過，朱光潛在上述的文字中展現了他對於「記敘文」分為兩條路徑的初步認知：敘事和狀物。關於這點，將在後段論文中進行闡釋。

進一步來說，英文中的文類區分原則，其理念是肯定「形式」乃獨立的存在，與「內容」佔有同等的地位。但在中國歷來的文學與美學範疇中，「形式」較少有獨立的地位，它必須附麗於思想精神所營造的「內容」之下。簡而言之，謀篇布局、冶煉詞句等「形式」方面的問題，是為了替「內容」服務而產生的。[8]因此，分析文章時，我們重視內容的主題精神、意旨理趣，勝過於對它的形式結構的瞭解。當然，這樣的成因與中西文化語境、文字系統的不同有關聯，只是，中文的閱讀理解或是寫作學習若能夠有一套具體可行的系統架構，亦不失為提昇中文讀寫的良方。這也是辨析中文文體分類適切性問題的主要原因（在不少述及中文文體分類的相關著作中，雖然將抒情文列為其中一類，但卻未曾提及抒情文的具體寫作方法或步驟，相較於其他文體（記敘、議論、說明……）都有較為明確的寫作方法而言，抒情文是付之闕如的。但是抒情文在中文會獨立成一類，這和中國散文從六朝以來「抒情自我」傳統的出現，「言志」與「緣情」兩道散文書

---

7 見王萬儀：《現代白話文寫作練習研究》（新竹市：國立清華大學博士論文，2010年），頁62。

8 見趙憲章：《文體與形式》（臺北市：萬卷樓圖書公司，2011年），頁135。

寫的主流確立容或相關。孫紹振曾說：「中國散文中最重要的是『情思』」，可見「抒情」是中國散文與西方以敘事為書寫主流的體系最大不同之處）。

（二）夏丏尊的分類「記事文、敘事文、說明文、議論文」

夏丏尊以為中國人學習作文時，都沒有一套有系統、具邏輯性的步驟與原則。中國文人普遍認定「文無定法」，只要廣泛閱讀「神而明之」，時間一久自然能通透箇中奧妙而寫出一篇文章。[9]然而事實狀況是：閱讀質精或量多的人不盡然都可以成就一篇好文章。夏丏尊以為文章有內容與形式兩個層面，內容是否充實，關係作者的經驗、知識、修養；至於形式的美醜，就是一種技術了。於是，夏丏尊便從寫作手法的技術層面，來區辨文體的類別。

夏丏尊對於文體的分類是：記事文、敘事文、說明文、議論文（此處夏丏尊的分類係根據他在《文章作法》一書中所提及者。夏先生在《文話七十二講》也曾經稍事提及文體分類的初步概念，他是分成記述文、敘述文、議論文、說明文四類，和《文章作法》一書中的分類法不太相同。不過由於《文章作法》書中闡述概念完整詳贍，因此以此書的分類概念為主）。而他闡釋的定義是：

> 將人和物的狀態、性質、效用等，依照作者所目見、耳聞或想像的情形記述的文字，稱為「記事文」。例如：
> ……這一枝梅花只有兩尺來高，旁有一枝，縱橫而出，約有二三尺長；其間小枝分歧，或如蟠螭，或如僵蚓，或孤削如

9 見夏丏尊、劉薰宇：《文章作法．緒言》（香港：三聯書店，1998年），頁3。

筆，或密聚如林；真乃「花吐胭脂，香欺蘭蕙。」[10]（《紅樓夢》第五十回）

上述這段《紅樓夢》中關於梅花的鋪寫，夏丏尊以「記事文」稱之。此外，若以修辭學加以分析，這段文字使用了「摹寫」的技巧。所謂「摹寫」是指將個人對人物、事物的種種觀察、感覺、認知、聲音、顏色、形體、氣味、觸感等，加以細膩描繪的修辭技巧。如果依照「摹寫」修辭的定義來看，上述那段梅花的鋪寫，主要從視覺角度來摹寫作者所見的梅花，並加上譬喻的修辭來形容梅花枝條的種種姿態，讓讀者彷若親見此物。所以夏丏尊對「記事文」的定義，傾向於某空間中所發生的現象與狀態。

因此，根據夏丏尊的定義，張愛玲《第一爐香》中的這段話：「那時候，夜深了，月光照的地上碧青，鐵闌干外，挨挨擠擠長著墨綠的木槿樹；地底下噴出來的熱氣，凝結成了一朵朵多大的緋紅的花，木槿花是南洋種，充滿了熱帶森林中的回憶－回憶裡有眼睛亮晶晶的黑色的怪獸，也有半開化的人們的愛。」就修辭學上而言這是一段視覺摹寫，但就內容取向而論是一段「記事文」。

再者，記述人和物的動作、變化或事實推移現象的文字，稱為「敘事文」。例如：

寶釵與黛玉回至園中。寶釵因約黛玉往藕香榭去，黛玉因說還要洗澡，便各自散了。[11]（《紅樓夢》第三十六回）

在上述文字中，雖然沒有直接寫出任何一個時間點，但是在鋪寫人物的動作變化時，隱隱含著一條隱形的時間軸貫穿其中。我們也由

10 《文章作法》，頁6。

11 見夏丏尊、劉薰宇：《文章作法》，頁19。

此可看出「敘事文」和時間的關聯性。

夏丏尊進一步說：「敘事文原和記事文一樣，同是記述事物的文字；不過記事文以記述事物的狀態、性質、效用為主；而敘事文以記述事物的動作、變化為主。所以記事文是靜的，空間的；敘事文是動的，時間的。」[12]

夏丏尊也透過舉例來驗證敘事文和記事文的區別：「『今天一朵紅的和兩朵藍的牽牛花開了。』是敘事文；『今天開的三朵牽牛花：一朵是紅的，兩朵是藍的。』記事文。」前一句在讓讀者知道牽牛花的變化；後者在使讀者知道牽牛花的狀態。前者是動態的花開；後者是靜態的描述。

至於，一般我們所稱的「論說文」，夏丏尊則分成「說明文」和「議論文」兩類。關於「說明文」，夏丏尊這樣定義：「解說事物、說明事理、闡明意象；以便使人得到關於事物、事理或意象的知識的文字。」說明文在諸多文類中，最重要的特質便是「客觀性」的必然。實際在文本中爬梳時會發現，說明文在描述事物時，容易和敘事文有模糊之處；而在剖析事理部分，則和議論文有易混淆的地方。夏丏尊注意到這樣的情況，於是他說：「『今天上午八點四十分，火車從南京開出。』是敘事文形式；『火車從南京開到上海是在今天上午八點四十分。』就是說明文。」[13]從以上兩個句子可以看出，敘事文可以有作者主觀的認知，說明文卻必須客觀陳述。

至於說明文和議論文的分野，夏丏尊也是一語中的的指出：「說明文的目的是在使人有所知，議論文不但要使人有所知，還要有所信。」[14]議論文是書寫者個人觀點想法的表述，因為帶有說服意味，

---

12 見夏丏尊、劉薰宇：《文章作法》，頁19。

13 見夏丏尊、劉薰宇：《文章作法》，頁39。

14 見夏丏尊、劉薰宇：《文章作法》，頁45。

所以，論點的確立、論據的確鑿、論證過程的合理都是一篇議論作品應該注意的要素。

夏丏尊這樣的認知與PISA閱讀素養中對於「說明」和「議論」的分析看法至為接近。「PISA的閱讀素養架構」中對於「議論文」定義的說解文字，有一段重要的說明：「Another important sub-classification of argumentative texts is persuasive texts」，它指涉的意思是：議論文有另一項重要的特質就是「說服」，而「說服」的目的是要使他人信服、認同然後接受。這是「說明」和「議論」兩種文類重要的區別元素。

（三）「記敘文、記事文、敘事文、描寫文」的義界與糾葛

在前面的論述過程中，我們會發現「記敘文、記事文、敘事文、描寫文」等名詞反覆不斷出現，它們在意義上也有部分近似、重疊之處。

首先，以最普遍的「記敘文」而言，劉忠惠曾這樣下定義：「記敘文在表現上，主要包含『記』和『敘』兩個方面。『記』是記載人物和事件的靜態；『敘』是敘述人物和事件的變化、發展，是動態的。」[15]劉忠惠的說法對照夏丏尊的持論「記事文是靜的，空間的；敘事文是動的，時間的。」兩者是相同的。此外，中國大陸學者胡裕樹也說：「所謂敘事，就是將事物的發展變化過程表述出來。」[16]所以，我們可得出這樣的結論：「記敘文」初步區分為記事和敘事；靜態與動態兩大類別。簡而言之，它有「記」和「敘」（記事和敘事）

15 見劉忠惠主編：《寫作指導（下）——文體實論》（臺北市：麗文文化出版社，1996年3月），頁3。

16 見胡裕樹主編：《大學寫作》（上海市：復旦大學出版社，1985年8月），頁56。

兩大面向，這是一種可以接受的普遍認知，並且是藉由「寫作手法」為基準而區分的。

現行臺灣語文課程中，將記敘文分成「寫人、敘事、狀物、描景」或「記人、記事、記物、記遊」等項目，都是就內容題材而分類。本文在前面論述時已提及，將文體區分原則明確系統化，確實能夠幫助寫作教學及閱讀指導。因此，以「寫作手法」的技能層面來區辨記敘文的內涵，方能在和區辨其他文體（說明文、議論文等等）時使用的原則標準一致。

所以，我們可以說「記敘文」下轄有「記事文」、「敘事文」兩類。

接著，我們要審視「描寫文」。「描寫文」一詞甚少出現在中文文本的教材中，這可能跟記敘文的界說不夠明確，而一般人又習慣將「描寫、描摹」等相近似的詞語，放入記敘文的範疇中有關。大陸學者劉忠惠曾這樣提及「描寫文」：「當我們把記敘文做為『線性』文體進行寫作練習時，以方位為特點的『描寫文』也就自然獨立出來，這是毫無疑義的。」[17]依據劉忠惠的說法，他把記敘文定位在時間線性上，而描寫文則是空間的。但是這樣的說法會和他自己在記敘文分類時的說法[18]有所矛盾，因為在「記敘文」分類時，劉忠惠已經述及空間上的「記」及時間上的「敘」，那麼再提出「描寫文」是以方位空間為書寫主軸時，便有扞格之處了。

因此，援引PISA閱讀素養架構的文體分類原則（亦即英文之主要文體類別）來審視中文文體的分類，可以發現中文「記敘文」一類底下的「記事」（靜態，空間）和「敘事」（動態，時間），其實正好對應到英文的「描寫」（description/in space）和「敘事」（narration/

17 見劉忠惠主編：《寫作指導（下）——文體實論》，頁47。

18 見劉忠惠主編：《寫作指導（下）——文體實論》，頁3。

in time）這兩種類別。所以在中文較少述及的「描寫」一詞其實正是「記事」這個概念，因為兩者同為空間中感官所感受到現象的書寫。而中文的「論說文」可以再依其內容區別成「議論」與「說明」兩類，如此一來，便完全貼合英文的文體類別。

是故，中文文體若以「寫作手法」為區辨標準（較為清楚明確），那麼「敘事、描寫（記事）、說明、議論」等四類的分類法，會比揉雜了「寫作目的、寫作手法」的「記敘、抒情、論說」三類明確。

四　將「文體類別」視作「寫作手法」的實務教學示例

在辨析中文與英文的文體類別差異之後，筆者也發現一個有趣的現象，我們在閱讀文章的過程中，雖然知道該文本歸屬於「記敘文」（敘事和描寫）、「說明文」、「議論文」等某一類的文體。但是任一文本上，絕非僅由單一的寫作手法得以完成；也就是在記敘文中，可能帶有議論之筆，而在論說文中也會含有記敘的成分。

朱光潛說：

> 「例如詩歌側重言情，論文側重說理。歷史、戲劇、小說，都側重敘事，山水、人物、雜記，側重繪態，這自然是極粗淺的分別。實際上情、理、事、態，常交錯融貫，事必有態，情常寓理，不易拆開。有些文學課本把作品分為言情、說理、敘事、繪態四大類，未免牽強。一首詩、一曲戲、或一篇小說，可以時而言情說理，時而敘事繪態。純粹屬於某一類的作品頗不易找出，作品的文學價值愈高，愈是情理事

> 態打成一片。」[19]

他的概念與想法正與筆者的觀察綰合。所以單純以某單一文體類別規範任一文本、不是適切的方式，因此若將一般所認知的文體「敘事文、描寫文、議論文、說明文」改換成「敘事手法、描寫手法、議論手法、說明手法」來分析文本會較為適切。

茲以〈赤壁賦〉一文為例來說明。此文在呈現作者精神體貌、心境轉折上具有極高的層次；此外，整首賦在寫作技巧、表現手法上亦頗為高明。歷來不少文學評論及鑑賞者，對於此文的分析常有如下的話語出現：

> 全文的篇章結構由月夜泛舟的歡暢，到懷古傷今的悲慨，再到超脫塵俗的豁達。情緒的轉換，由樂而悲，由悲再轉為喜。文章內容的轉換則由寫景→抒情→議論，隨著這條線索的波瀾起伏，文章顯得搖曳多姿。[20]

從以上評論可以得知〈赤壁賦〉這篇文章融合記敘、寫景、抒情、議論等多種寫作手法於其間。所以，我們雖然可從題目約略區分此文在形式上是韻文，就內容則屬於記敘文，但是，若僅說〈赤壁賦〉是一篇記敘文，相信許多方家必深感不平。因為全文的思想層次豐富，那是透過哲理的展現、場面的描摹、情感的醞釀所共同堆疊出來的。這樣廣袤的情意與文采自然不是僅由「記敘」才能成就的。因此，筆者便嘗試將前述段落中所討論的「文體類別」視為「寫作手法」來對〈赤壁賦〉文本加以分析。

---

19 見朱光潛：〈寫作練習〉，《談文學》，頁58。

20 見楊義主編，陳鐵民、陳才智選注：《唐宋散文選評》（香港：三聯書局，2006年9月），頁249。

也就是說，筆者將以「敘事、描寫（記事）、說明、議論」四種寫作手法來分析〈赤壁賦〉一文中的句與段，檢視作者是如何通過句與段，來構成一結構完整的文本。

〈赤壁賦〉 北宋．蘇軾

正文

（一）壬戌之秋，七月既望，蘇子與客泛舟遊於赤壁之下。（敘事）清風徐來，水波不興。（敘事）舉酒屬客，誦明月之詩，歌窈窕之章。（敘事）少焉，月出於東山之上，徘徊於斗牛之間。（敘事）白露橫江，水光接天。（描寫）縱一葦之所如，凌萬頃之茫然。（敘事）浩浩乎如馮虛御風，而不知其所止；飄飄乎如遺世獨立，羽化而登仙（描寫空間裡感官的感受）。

本文第一段主要在進行月夜赤壁泛舟的場面建置，這場面包含「自然風景」與「人為狀態」兩個部分，整理列表如下。

段落主脈一 場面建置	對應文句
自然風景	（1）清風徐來，水波不興（敘事） （2）少焉，月出於東山之上，徘徊於斗牛之間（敘事） （3）白露橫江，水光接天（描寫）
人為狀態	（1）壬戌之秋，七月既望，蘇子與客泛舟遊於赤壁之下（敘事） （2）舉酒屬客，誦明月之詩，歌窈窕之章（敘事） （3）縱一葦之所如，凌萬頃之茫然（敘事） （4）浩浩乎如馮虛御風，而不知其所止；飄飄乎如遺世獨立，羽化而登仙（描寫）

（二）於是飲酒樂甚，扣舷而歌之。歌曰：「桂棹兮蘭槳，擊空明兮溯流光。渺渺兮予懷，望美人兮天一方。」（敘事，記錄一群人飲酒歌唱的動作）客有吹洞簫者，倚歌而和之。其聲嗚嗚然：如怨、如慕，如泣、如訴；餘音嫋嫋，不絕如縷；舞幽壑之潛蛟，泣孤舟之嫠婦。（敘事，記錄洞簫客吹奏時簫聲推移的現象）

第二段是全文情緒第一次轉折（從樂而生悲）的伏筆，原本一群人歡樂暢飲，而後洞簫客深沉的簫聲擾動了其他人的心緒。這一大段可以分成兩個部分來看，其一是蘇子與客的歡唱快飲；其二是洞簫客嗚嗚然的簫聲。在第一、二兩段中，我們明顯看出作者的情感流露是恣意展現在文字之中。但是我們無法篤定分析哪一句話是抒情的，換句話說，此段抒情的感受，是藉由連續不斷的景色描摹、人物狀態書寫而構成，亦即透過敘事和描寫兩種手法的交融，鋪排出抒情或悲或喜的感受。

段落中文意主脈	對應文句
蘇子與客的歡唱快飲	於是飲酒樂甚，扣舷而歌之。歌曰：「桂棹兮蘭槳，擊空明兮溯流光。渺渺兮予懷，望美人兮天一方。」
洞簫客嗚嗚然簫聲	客有吹洞簫者，倚歌而和之。其聲嗚嗚然：如怨、如慕，如泣、如訴；餘音嫋嫋，不絕如縷；舞幽壑之潛蛟，泣孤舟之嫠婦。（敘事）

（三）蘇子愀然，正襟危坐而問客曰：「何為其然也？」（敘事）

（四）客曰：「『月明星稀，烏鵲南飛』，此非曹孟德之詩乎？

（敘事）西望夏口，東望武昌，山川相繆，鬱乎蒼蒼，此非孟德之困於周郎者乎？（描寫）方其破荊州，下江陵，順流而東也，舳艫千里，旌旗蔽空，釃酒臨江，橫槊賦詩，固一世之雄也，而今安在哉？（敘事）

況吾與子，漁樵於江渚之上，侶魚蝦而友麋鹿，駕一葉之扁舟，舉匏樽以相屬；（敘事）寄蜉蝣於天地，渺滄海之一粟，哀吾生之須臾，羨長江之無窮；（議論）挾飛仙以遨遊，抱明月而長終，知不可乎驟得，托遺響於悲風。（說明）

第四段全段是洞簫客答覆蘇子簫聲何以悲傷之原因。洞簫客分成兩個層面論述：「古——曹操」和「今——吾與子」，將之對照、比較以襯托出個人生命在宇宙時空中的倏忽與渺小，並在最後提出因應之道，就是將滿腔的愁苦寄託在簫聲之中。嘗試將此段的文意及寫作手法梳理如下：

段落主脈一 洞簫客的回應	對應文句
古之曹操如今何在？	（1）「月明星稀，烏鵲南飛」，此非曹孟德之詩乎？（敘事，曹操的文采） （2）西望夏口，東望武昌，山川相繆，鬱乎蒼蒼，此非孟德之困於周郎者乎？（描寫，赤壁的場面） （3）方其破荊州，下江陵，順流而東也，舳艫千里，旌旗蔽空，釃酒臨江，橫槊賦詩，固一世之雄也，而今安在哉？（敘事，曹操曾經的意氣飛揚如今已成塵土）

今之吾人又將何往？	（1）漁樵於江渚之上，侶魚蝦而友麋鹿，駕一葉之扁舟，舉匏樽以相屬（敘事） （2）寄蜉蝣於天地，渺滄海之一粟，哀吾生之須臾，羨長江之無窮（議論生命是渺小短暫的） （3）挾飛仙以遨遊，抱明月而長終，知不可乎驟得，托遺響於悲風（說明自己面對生命的渺小如何自處應對）

（五）蘇子曰：「客亦知夫水與月乎？逝者如斯，而未嘗往也；盈虛者如彼，而卒莫消長也。蓋將自其變者而觀之，則天地曾不能以一瞬；自其不變者而觀之，則物與我皆無盡也。而又何羨乎？（議論）且夫天地之間，物各有主。苟非吾之所有，雖一毫而莫取；惟江上之清風，與山間之明月，耳得之而為聲，目遇之而成色。取之無禁，用之不竭。是造物者之無盡藏也，而吾與子之所共適。（議論）」

到了第五段，蘇子面對傷感於生命意義到底為何的洞簫客提出開釋之道。東坡在此段運用議論的方式提出個人的見解看法，希望能寬慰洞簫客的疑惑。本段在文意上有兩個層次，其一是「變與不變」的辨證，其二是宇宙中「有限與無限」的概念。兩大看似抽象的命題，作者都運用具體事物為喻來加以說解。

<table>
<tr><th>段落主脈—蘇子的論點</th><th>對應文句</th></tr>
<tr><td>變與不變<table><tr><td></td><td>現象（變）</td><td>本體
（不變）</td></tr><tr><td>水</td><td>逝者如斯</td><td>未嘗往也</td></tr><tr><td>月</td><td>盈虛者若彼</td><td>卒莫消長也</td></tr></table></td><td>客亦知夫水與月乎？逝者如斯，而未嘗往也；盈虛者如彼，而卒莫消長也。蓋將自其變者而觀之，則天地曾不能以一瞬；自其不變者而觀之，則物與我皆無盡也。而又何羨乎？（議論）</td></tr>
<tr><td>有限與無限<table><tr><td>無限</td><td>自然勝景</td></tr><tr><td>有限</td><td>生命／榮祿</td></tr></table></td><td>且夫天地之間，物各有主。苟非吾之所有，雖一毫而莫取；惟江上之清風，與山間之明月，耳得之而為聲，目遇之而成色。取之無禁，用之不竭。是造物者之無盡藏也，而吾與子之所共適。（議論）</td></tr>
</table>

（六）客喜而笑，洗盞更酌。肴核既盡，杯盤狼藉。相與枕藉乎舟中，不知東方之既白。（敘事）

五　結語

此次論文中，主要處理兩個問題。其一是中文文體與英文文體在分類原則上的差異，並藉著反覆辨證的歷程，逐步建構中文文體較為適切的區辨標準。筆者所得出的初步結論是：「敘事、描寫（採用夏丏尊的「記事」說法亦可，但是記事和敘事僅有一字之差，容易混淆）、說明、議論」這四種分類法比起傳統的「記敘、抒情、論說」等類別更具有「語用」的效果。而且四類的分別標準是採用「寫作手法」作為基點，這和傳統文體（記敘、抒情、論說）的分類標準是混雜了「寫作手法、寫作目的」的不同，前者的標準較為客觀且清楚。

再者，文本的文體歸類有時會限制讀者對於內容的理解程度及創造發展。若可以將一般所認知的文體「敘事文、描寫文、議論文、說明文」改換成「敘事手法、描寫手法、議論手法、說明手法」，然後運用在句子、段落的分析上，再將這些段落連結成一篇完整架構的文章。如此的理解手法較有科學系統化的精神，也能教師在進行閱讀與寫作教學時，有明確的方法可依循指導。相信這也能使以義理闡釋、情感發抒為趨向的傳統中文教學，多了一條轉換的路徑。

十二年國教國語文之有效教學

——以國民中學爲例

林均珈*

一　前言

二〇〇〇年九月教育部公布「國民中小學九年一貫課程暫行綱要」，自二〇〇一年九年一貫課程在國小一年級開始實施，並自二〇〇二年起全面開放審定國民中學教科書，從此形成一綱多本的教科書制度。十二年國民基本教育於二〇一四年正式實施，此階段課程改革的核心精神在於「創新教學」，要求教師透過教學的不斷創新與活化，激發學生學習的動機並將創意教學融入課程之中以達到有效教學。有效教學，指整個教學活動是具有效能（Effectiveness）與效率（Efficiency），其中，所謂的「效能」，它的重點是在目標達成率，基礎是著重目的，追求的是最高的目標達成率；而所謂的「效率」，它的重點則是偏重於組織資源的使用率，基礎是著重手段，追求的是最低的資源浪費。有效教學講究教師的「教」以及學生的「學」，它不僅強調教師必須確立教學目標重心與運用教學策略技巧，而且要求學生學習成果實踐和學習檢覈指標明確。今以國民中學教科書裡有關中國小說教材如〈王冕的少年時代〉、〈空城計〉，以及〈定伯賣

* 臺北市立大學中國語文學系博士。

鬼〉三課為範圍，藉由教師設計多元的教學活動如學生分組編寫劇本與演出、學生分組討論與提問，以及影片欣賞與電腦輔助教學三種方式，分享個人國語文教學經驗。

二　學生分組編寫劇本與演出

閱讀理解是國語文教學的重要趨勢，十二年國教的教學著重的是教導學生有「帶著走」的能力，能夠活用所學的知識，提昇學生的閱讀素養正是培養此種能力的重要途徑，因為閱讀是一切學習的基礎，而國文科的教學在提昇學生閱讀能力中扮演著重要的角色。平心而論，教師既要授課，又要批改作業與紙筆評量，工作相當忙碌，自然不可能要求每一課課文皆採用創新的教學方式。因此，教師可斟酌授課時間，偶爾選定某一課課文，實施學生分組編寫劇本與演出，以提昇學生的參與感。今舉七年級下學期翰林版第參單元「人物風貌」第六課〈王冕的少年時代〉為例，該文節選自吳敬梓《儒林外史》第一回〈說楔子敷陳大義　借名流隱括全文〉。《儒林外史》是一部章回體諷刺小說，描寫科舉時代的讀書人，為了追求功名利祿所表現的種種醜態。書中人物大部分是作者諷刺的對象，只有少部分是值得尊敬的，王冕就是其中的一位。該文先點出王冕是一個嶔崎磊落的人，再寫他失學、孝親、努力自學，以及學畫荷花成名的故事。

從教學與升學考試的趨勢來看，教師在教學上應有所調整，如應捨棄文法、修辭繁瑣的講解，字詞、成語不要只停留在釋義的背誦，而應著重在意義的理解、活用及其延伸教學。又教師應著重文本的內容理解與作法探討，採用啟發式的問題引導法進行教學。因此，對於該文，教師事先準備的提問，大致有以下六個：其一，王冕小時候為什麼要去放牛？其二，王冕的母親要王冕去放牛，王冕回答說：「娘說的是。我在學堂坐著，心裡也悶，不如往他家放牛，倒快活些。」請問這幾句話是真心話嗎？他為什麼要這麼說？其三，從課文中哪些地方，可以看出王冕母親對兒子的慈愛？王冕母親當時的心情又是如何？其四，從作者描寫「王冕每日點心錢也不用掉，聚到一兩個月，便偷個空走到村學堂裡，見那闖學堂的書客，就買幾本舊書，逐日把牛拴了，坐在柳樹蔭下看」這幾句話，可以看出王冕究竟是喜歡看書？還是不喜歡看書？其五，王冕為什麼將原本要買書的錢拿去買胭脂與鉛粉？其六，從王冕學畫荷花的經驗中，你得到什麼樣的啟示？如上所述，教師進行教學活動中，可藉由提問讓學生更深層瞭解王冕此一人物孝親與好學的一面，這也是教師教導學生的重點之一。

又教師授課結束後，可實施學生分組編寫劇本與演出的教學活動。以每班學生人數三十六人為例，教師可將學生分為二組（或由學生自行編組亦可），各組選出一位組長，由組長抽籤組別（或由學生自行協調組別亦可）。第一組負責原版，主要是編寫清代的王冕故事；第二組負責改編版，主要是編寫現代的王冕故事。每組學生約十八人，工作項目可分為幕後工作人員以及演員裝扮劇中人物兩大類。前者，又可分為編劇組、導演組、服裝設計組、道具應用組、攝影組五種，每組一至二人；後者，又可分為若干角色，包括主要人物如王冕、王冕母親、秦老、水牛等，以及次要人物如王冕父親、王冕同學、書客、鄉間人等。

一般而言，學生不論是擔任幕後工作人員或演員，皆能以高度的興趣來分工合作，例如第一組負責原版，學生以各式各樣的垃圾袋改裝成古代服飾的效果；而第二組負責改編版，學生則以居家的便服來表現劇情。值得一提的是，從學生的表演活動中，可以清楚看到平日學業成就表現普通的學生，他們積極參與的態度、與眾不同的創意表現，以及豐富的想像力，共同完成該組戲劇的演出。教師只要以開放的心胸來欣賞學生的熱鬧演出，並依照每組學生所填寫的工作分配表、編寫劇本內容，以及戲劇表演的呈現等，給予一次平時評量分數。由於這個表演是由全組學生共同完成的，與傳統紙筆測驗不同，因此，教師對於同一組組員的分數應是相同的。國中生正處青春期比較好動，大多偏愛活潑的上課方式，教師透過這樣編劇與表演活動的課程安排，學生均感到十分新鮮，因此，大都能表現高度的參與感。

三　學生分組討論與提問

目前國中生吸收外來資訊的管道非常多元，國文教師在授課時必須引發學生的閱讀興趣、提昇學生的理解能力以及擴大學生的閱讀視野。教師倘若只停留在「教師講」以及「學生抄」的方式，這對學生而言，吸引力顯然是不足的。因此，教師可斟酌時間，選定某一課課文，實施學生分組討論與提問，以啟發學生的理解能力並增進教師個人的教學技巧。今舉八年級下學期翰林版第陸單元「應變之道」第十二課〈定伯賣鬼〉為例，該文節選自《列異傳》，而《列異傳》是一篇志怪小說。該文內容敘述宗定伯遇鬼後，能臨危不亂以智謀刺探鬼的禁忌，進而捉鬼、賣鬼的故事。故事情節雖然荒誕離奇，但敘述曲折生動，頗富趣味性。它表現了人不怕鬼、戰勝鬼的精神，對後世鬼怪小說的發展，深具影響力。

十二年國教「活化教學」，教師可從課文出發，採用課文引導提問的教學法中，藉由提問來讓學生更深層瞭解〈定伯賣鬼〉這一課的重點。因此，教師事先準備的提問，大致有以下七個：第一，作者為何描寫宗定伯是在「年少時」，夜行逢鬼？第二，宗定伯裝鬼，有兩次露出破綻而引起鬼的懷疑，請問是哪兩次？宗定伯又是如何因應？第三，宗定伯為何要對由鬼變成的羊吐口水？第四，宗定伯和鬼的個性有何不同？哪一個沉著應變？哪一個憨厚愚直？第五，作者描寫世人傳說「宗定伯賣鬼，得錢千五百」時，他們心中對宗定伯有什麼看法？第六，宗定伯從遇鬼到賣鬼之間，先後發生了什麼事件？第七，小說裡的鬼可怕嗎？如上所述，教師進行教學活動中，可藉由提問讓學生更深入明白宗定伯此一人物在年少時期即能表現沉著應變的能力，足見他自幼聰敏的一面，這也是教師教導學生的重點之一。

以國文這一科目而言，一個班級一週五節課。第一堂課時，教師可大致講解該文的故事內容，要求學生回家預習課文，隔天即實施學生分組討論與提問。又每班人數三十六人，學生座位共六排，每排六人，學生可分為六組，各組選出一位組長。教師進行教學時，可將六片磁性白板放置在黑板上，一組一個並在黑板上標明組別。然後，教師即可開始對這一課課文的內容做提問，一次一個提問，並留一些時間給學生討論，由學生自行推派同學（或指定組長）到前面並在磁性白板上書寫他們討論後的答案。教師不再是課堂上的主講者，而是從旁觀察學生是否有充分參與討論，然後再針對學生所寫的內容做補充，隨時給予學生鼓勵。一個提問結束後，再換另一個提問，以此類推。教學活動期間，教師亦可針對各組的答案，採用加分方式，以增加學生的參與感。如上所述，這種學生分組討論與提問的方式，大致有以下三種優點：首先，教師透過安排學生課前預習方式，學生可以澄清觀念，創造學習共同體；其次，教師透過授課過程中引導，學生可以理解文意，營造互動教學環境；最後，教師透過安排學生課後複習，學生可以省思文本，達到閱讀最佳成效。

四　影片欣賞與電腦輔助教學

現代教育不僅講究教師上課的品質，而且要求學生表現有創意、面對未來能更具有競爭力。不管課程的內容如何更動，教師透過周邊的輔助工具，即能在教學上得心應手並收事半功倍之效。因此，教師透過課文講解以及搭配影片欣賞，更能提昇學生的注意力。今舉八年級下學期翰林版第陸單元「應變之道」第十一課〈空城計〉為例，該文節選自羅貫中《三國演義》第九十五回〈馬謖拒諫失街亭　武侯彈琴退仲達〉。當時蜀漢將領馬謖，受命防守漢中咽喉街亭，因妄作主張，而被魏將司馬懿打敗。孔明急忙調兵遣將，重新部署。該文節錄其中六段，而文章一開始說「孔明分撥已定」，就是指這件事。又該文敘述孔明於西城（今陝西省安康縣）遇敵，由於雙方兵力懸殊，因此，孔明冒險使用空城計，讓司馬懿心生疑忌，退兵而去。全文生動刻畫了孔明處變不驚、慎謀能斷的形象。〈空城計〉的故事在正史中沒有記載，我們只能將它當作小說故事，不能視為真實的歷史事件。

十二年國教的教學，強調學生必須具備「帶著走」的能力，而〈空城計〉一文正符合這個單元「應變之道」的主旨。教師事先準備的提問，大致有以下六個：其一，〈空城計〉中的「空城」的含義是什麼？其二，西城面臨什麼樣的危機？其三，為什麼孔明能騙司馬懿退兵？其四，如果你是司馬懿，你會不會退兵？其五，孔明自述採用空城計的理由是什麼？如果你是孔明，你會採用什麼計策？其六，你認為〈空城計〉中，最緊張、最精彩的是哪一段？如上所述，教師進行教學活動中，可藉由提問讓學生更深層明瞭孔明此一人物慎謀能斷、知己知彼的不凡表現，這也是教師教導學生的重點之一。

由於課文只節錄《三國演義》中第九十五回〈馬謖拒諫失街亭　武侯彈琴退仲達〉中後半段「武侯彈琴退仲達」故事，對於前半段「馬謖拒諫失街亭」故事卻隻字未提。倘若教師沒有大致交代馬謖拒諫失街亭的故事內容，學生對於〈空城計〉的前因不明白，那麼學生對於該文恐怕無法獲得完整的概念。因此，教師透過安排影片欣賞，學生可以明瞭孔明出此計策的前因（即馬謖拒諫失街亭），而且影片視覺效果勝過教師口頭的傳達。然而，教師必須注意的是，學生觀看影片的秩序是否良好？是否有人在聊天？是否有人在睡覺？此外，影片播放時間不宜太長，否則少數學生恐怕容易陷入黑暗中更好眠的情境。又電腦輔助教學結束後，教師可針對這一課的內容做提問，學生即能對此課課文更加深刻。

五　結語

國語文教學的目的，主要是在加強學生國語文聽、說、讀、寫的能力，培養學生對中國文學欣賞的興趣，以及陶冶學生真、善、美的品德。然而，談到國語文教學，一般人腦海中出現的畫面，即老師在講臺上不是講述得口沫橫飛，就是背對學生在黑板上振筆疾書。隨著科技、資訊時代的來臨，傳統課程和教學方式，對於目前的新世代學生而言是不夠的。「提昇教學品質」是十二年國教最重要的環節，「有效教學」是它的核心概念，例如在翻轉教室教、學模式方面，它強調「以學生為中心」取代「以教師為中心」；又如在課程設計、教材教法以及評量方式方面，它必須靈活調整，即授課目標要清晰，以任務取向教學，融入分組合作教學或學習共同體的教學策略，以達到教師「教學」有效與學生有效「學習」的目標。

目前臺北市中山女高張輝誠老師在臺灣的教育界刮起了「張輝誠旋風」，掀起翻轉教學風潮，甩開填鴨教學，他找到了讓孩子眼睛發亮的方式。翻轉教學的訴求重點就是希望教師能夠拋開傳統的教學方式，關注課堂教學品質，藉由不斷的提問讓學生反覆思考。觀課者走進教室，主要是檢視教師上課教材是否吸引學生、教師備課夠不夠、師生互動參與狀況，以及學生有沒有提問等。綜觀而論，在現今的國文教學活動中，教師必須轉換心智模式，不僅要勇於尋找自己課堂教學的問題和不足，而且要不斷反思和修正自己的教育觀念。然而，由於國中生正值青春期，身心發展不像高中生那般成熟穩重，教師在課堂進行教學時，常常受到少數學生的干擾而不得不中斷教學活動。因此，教師除了提昇教學品質外，個人的班級經營技巧亦是相當重要的一環。

閱讀與寫作

中小學閱讀與寫作教學

——淺談長文濃縮的寫作

王偉忠*

一　前言

第一次聽到「長文濃縮」四個字，是在我任教於奎山學校時。該校為了配合創辦人熊慧英教授所倡導的「古文、古詩」的「精緻語文教學」而設計出來的寫作練習。近年，國中的基測考試、高中的學測考試，也都有類似「長文濃縮」的測驗，也就是「閱讀寫作」。當中最大的區別是字數的限制，將千餘字的文章濃縮成一、二百字的短文。由此可見，這種作文的練習，將成為學生日後基本寫作的練習。

二　界說

長文濃縮是閱讀寫作的一種，也是一種閱讀後的心得寫作。長文濃縮只是文章文句的變化，原文的旨趣是不變的。長文濃縮也是一種詞語寫作的練習，以簡潔有力之詞句，將原作者的文章，由讀者閱讀後改寫成另一類的文章。也可以將讀後的感想，用另一種文意、詞語表達出來。「長文濃縮」在寫作前，務必熟讀原文，掌握原文內容、

---

* 新北市泰山高中國文教師。

大意。其次，是對各段的段意、旨趣的掌握，而後就是探討作者寫作的用意與目的。如此，方能達到「用我的筆，寫你的意」。以下三篇範文例，以供學生參考：

三　範文

範文

知恥近乎勇

一個人假使說錯了話，做錯事，能夠自己反省，以後不再重蹈覆轍，這就叫做「知恥」。知恥的人，知道什麼話不應該說，什麼事不該做，而且在反省以後能夠切切實實的覺悟，改正自己的缺點，朝著理想的目標邁進，不怕任何的危險困難。這種人不但能知恥，而且有不避危難的勇氣，可以算得是勇敢的人。孔子說「知恥近乎勇」，就是這個意思。

生活在團體中的個人，自然有許多應該遵循的道德規範。假使違背了它，不但有損個人的名譽，有時候也會危害到整個團體，成為害群之馬。想一想，這是多麼可恥的事！但是，人畢竟不是聖賢，有時候難免會說錯話，做錯事。假使說錯話，做錯了事，又不肯反省改進，這種人就是不求上進；假使能夠切切實實的反省，切切實實的覺悟，那麼他就能夠鼓起勇氣，改過向善，重新做人。像周處起先干犯禮義，為非作歹，可以說是地方上的害群之馬。但是，等到他痛改前非以後，就不避危難的上山去打猛虎，到水中殺大蛟龍。想一想，這需要多大的勇氣！周處所以由地方上的害群之馬，變成人人心目中的大英雄，無疑的，就是因為他能夠知恥的緣故。

知道羞恥，不但對個人重要，對國家來說，也一樣重要。假使人人都有知恥之心，曉得「國家興亡，匹夫有責」的道理，這樣的國家哪有不興盛的呢？即使國家一時被強敵打敗了，只要人人知恥，不顧生死，肯為國家犧牲，再頑強的敵人，也一定會有潰敗的一天。勾踐被吳王打敗以後，臥薪嚐膽，明恥教戰，終於復興了越國。田單苦守即墨的時候，也用明恥教戰的方法，來激發齊國人同仇敵愾的精神，終於收復了齊國的失土。這些都是最好的例子。

我們明白了「知恥」的重要，就應該鼓起最大的勇氣，改正自己的缺點，愛惜團體的榮譽，天天反省，時時檢討，做一個堂堂的好國民。

長文濃縮

人非聖賢孰能無過，過而能改，是為無過矣！所謂「知恥」就是不重蹈覆轍能自我反省改過向善，這是對有心改過的人而言。

自我反省後，我有過錯就要切實覺悟，克服心理上的障礙，破除重重困難，達成目標，能如此反省又能完成即定的目標，這種行徑不但是知恥的表現，勇敢的面對事實，這才是一位真正有所作為的人。

群己之間的相處，必須遵守團體的紀律，不可因一己的私慾，做出危害群眾的利益。周處少年的時候，干犯禮義，為非作歹，為鄉人所厭惡。經他自我檢討、反省以後，及時痛改前非。上山打虎，河中殺蛟龍，為鄉里除害，成為人人尊敬的大英雄。

懂得「知恥」的人，「國家雖亡，必能興邦」如戰國時候的勾踐臥薪嚐膽、田單苦守即墨，他們以明恥教戰的方法，終於收復失土。這是「知恥」的史證。

恥之與人大矣，吾人應日日有反省，時時有檢討的工夫，能如此才是一位堂堂正正的好國民。

「長文濃縮」是「閱讀寫作」的一種。「閱讀寫作」是指在閱讀一段文章以後，根據文章的內容再去創作。以綜合整理、歸納、評論，感想、啟示後，所創造出來的文章。

「閱讀寫作」和「引導式作文」有點相似，其實二者是不同的。「引導式作文」的引言，就如小說的「楔子」，只是一個交代或方向的指引，或激起同學下筆之前的相關聯想而已，有時候它不代表任何意義。「長文濃縮」是依據文章的內容，由長文濃縮成短文，文章的內容佔有舉足輕重的地位，須經過閱讀文章之後，真正瞭解文章的內容，而後再進行下一步的寫作。換言之，長文濃縮是事先提供文章的「閱讀」，而後再進行新的「創作」。創作在用字遣詞要清楚明白，文字要能感動人、要有美感，這是「長文濃縮」的基本要求。

範文

它們曾經是個生命

因為你曾經說過：「它們曾經是個生命。」所以寄給你的這些貝殼，希望你珍惜。

這是我前年夏天在南方澳揀回來的。本來它們還有很多同伴，但被我一個一個的送給朋友了，剩下來的就是這些。

這六只貝殼形狀不同、顏色殊異，是我最喜愛的。好幾次，有朋友向我要，我都捨不得把它們送出去。昨天，你來看我，無意間發現了這些貝殼。你的眼睛發了光亮跟我說：「這些貝殼真漂亮啊！你哪裡揀來的？」我回答：「南方澳。」你把它們放在掌心，撫玩了又撫玩，若有深意的看著我好幾次，最後才說了……「這些貝殼可不可以送給我？」我說：「不行，我只剩下這些了。」

昨天你離去時，還一直愛不釋守，一次又一次地撫玩著它們，還對我說：「我最喜歡海。要是有這些美麗的貝殼，我不但可以想像海的風貌，而且可以用這些貝殼來諦聽海的聲音。」

但是我當時裝作沒聽見，還是沒肯送給你，因為我也愛海，也愛用貝殼想像海的風貌和聲音。而且，為了揀這些貝殼，我幾乎被南方澳炎熱的陽光曬昏在沙灘上。那天，我追逐著海浪，打著光腳在淺灘上、海崖間尋找它們。海濱的陽光特別熱。我就在悶熱、飢餓口渴之下，帶著昏眩，帶著喜悅，揀了這些貝殼。

告訴你這些，是希望你明白，為什麼昨天我不送給你，實在是這些貝殼，還存留著我前年的一個夏天的回憶，還照著南方澳的炙熱的太陽，還印著我在沙灘上的足跡呢！

但昨天你離去後，我想了又想，還是決定把這些貝殼送給你。我想你不會像其他朋友，只是出乎一時的好奇，拿去沒幾天就丟掉了；你一定會好好的保管它們，時常洗滌它們，並且把它們放在潔淨的地方。

雖然曉得你會珍惜這些貝殼，我還是忍不住要跟你絮聒一番，因為它們蘊藏了我的回憶，而且最重要的，它們曾經是一個生命——你說過的。

長文濃縮

你曾經說過：「貝殼是有生命。」今天我將我心愛的六只貝殼寄給你，希望你能珍惜它們。

去年夏天，我遊南方澳，拾貝殼十餘個，一一分送給我的好友。剩下六只是我最心愛的。它們的形狀、色澤殊異，親友見到，幾次向我索求，都被我拒絕了。昨天你來訪，見其形色殊異，不同於其他的貝殼，問我哪裡取得，我說在南方澳。你再三的撫玩，愛不釋手，對它們有深厚的情感。你喜愛的心情，表露在臉上，幾次向我探問，我笑而不答，裝作沒聽到。我看汝失望離去的表情，我心十分的不忍，事後想想，真對不起你。今天我寄上六只貝殼給你，希望你能珍惜它們。

我為了揀這六只貝殼，在炎熱的日光下，赤足忍渴、忍饑，走在熱燙的沙灘、海岩間尋找。我對它們有深厚的情感，昨天見到你對貝殼的深愛，又聽到你說：「它們曾經是一個生命」。知道你是真心喜愛它們，我割愛將它們送給你，希望你能珍惜它們。

這裡所謂的「長文濃縮」和「仿寫」不太一樣。「仿寫」所仿的大致是短文、單項技巧或內容而言，這裡的「長文濃縮」有「閱讀再創作」之意，有整體的表現，它是由閱讀一篇文章出發，提煉原文的技巧、情思、體悟，再創作一篇文章，是以原文為觸發媒介，在「心有戚戚焉」的情形下。寫一篇新作，能和原文一樣精緻動人，而非亦步亦趨去模仿、套用既有的思路、模式。

從事「長文濃縮」的創作要注意：它的創作重在「閱讀寫作」，除閱讀必須仔細之外，「寫作」更是重點。以自己閱讀後的情懷為主要依據，不可一味模仿、套用，或是只作部分時、空、人物的修改。至於分段布局、技巧也非一成不變，它可以大規模的翻修，師其法、借其意，去創建全新的文章。「長文濃縮」必須兼顧原文寫作的精神、內容、技巧，但又須有新意、新法、新神韻，才是最好的。

範文

星光

我永遠忘不了小時候，依偎在母親身邊的情景。唉！童年的回憶中，母親的懷裡，似乎還有許多星光，一眨！一眨的在我心中閃爍呢！

第一次知道星星的名字，是在家鄉的庭園裡、瓜棚下，坐在母親的膝上。記憶中，月光似水，瀉了一地的清涼；星光在微風中拂動，在花叢間，忽明忽滅，好似含羞的眼睛閃閃發光；稀疏的花葉，投影在母親的臉上、身上，十分的美麗。回憶中，那是一幅不會褪色的圖案。

「媽，我要那星星，我要玩那星星。」

多少個夜晚，多少次的願望，我指著那頂上的星星向媽媽說；但媽媽總是輕輕的拍著我，笑著說：「只要你長大了，要摘幾顆就有幾顆。星星是仙女的眼淚變的，誰也不能幫你摘，摘了它就碎了。」

今晚的星光還是從前的星光，星光明滅中，我不知不覺的長大了，已由母親的膝上爬下來，背著書包上學校。

學校離家很遠，每次放學回家，常常已是黃昏，或者黑夜。一路上盡是不知名的樹，和高過人頭的甘蔗。每到夏天的晚上，樹叢間，甘蔗園裡，都有螢火蟲來往穿梭著。我第一次看到螢火蟲時，以為是星星，便放下書包，在樹叢間、甘蔗園裡，追呀！追呀！想要抓一隻回家，告訴母親，說我已經抓到星星了。

但抓螢火蟲時，我已經在樹叢間迷了路。我找不到出口，我怕了，便放聲大哭。母親和家裡的人打著燈籠來尋找我。找到我時，母親就飛也似的趕過來緊緊的抱住我……。

回到家時，我悄悄的跟母親說：「媽，我抓到一顆星星了!」當我拿給母親看時，螢火蟲已死在我捏緊的手裡。母親緊抱住我，沒說什麼；但我看到母親含在眼內的淚光，那麼晶瑩剔透，那麼清澈美麗。

「媽，您的眼淚像星星！」母親笑了，笑容漸漸擴大。我沐浴在微笑的漩渦裡久久不忍離去，我忘了留住童年，也忘了留住母親的青春。等到母親的髮絲由烏亮漸漸變成銀白色，我才瞿然驚覺到母親已蒼老了。一瞬間，我感覺到：「我已經得到了很多，也失落了很多了！」

現在我已經長大了。媽，您可以告訴我嗎？為什麼我永遠摘不到天上的星星呢？

長文濃縮

兒時我依偎在母親的懷中，望著星空對母親說：「他日我一定摘星星送給母親。」母親聽了微微的笑著，不說話輕輕的拍著我，此景至今仍在我腦中久久不能忘懷。

知星星的名，是在故鄉庭院的瓜棚下，坐在母親的膝上。猶記月光似水瀉下，微風中星光明滅於花叢間，這美麗的夜景永遠存在我腦海裡。

上小學，學校離家很遠，放學回家，往往天色已昏暗了。樹叢間、甘蔗園，在夏夜的時候，螢火蟲時時飛舞穿梭其間。我曾為了捉螢火蟲而迷了路，我心裡十分驚恐、畏懼，只好放聲大哭。母親與家人提著燈籠找人，母子相見，相擁而泣。我悄悄地告訴媽媽：「我手中握有星星」，當我張手給媽媽看時，螢火蟲已死在我手中。母親見狀緊緊的抱我哭泣。我驀然見到母親的淚水似星光，晶瑩清澈，驚覺低說著：「媽媽淚水好像星光。」母親展顏而笑，緊緊抱著我，久久不忍離去。

今晚看見慈母銀髮斑斑，瞿然驚訝！我的童年不再，我的青春不在；我感覺到：「我已經得到了很多，也失落了很多了！」星星我永遠摘不到了。

「長文濃縮」是取法文章的精神，灌注在創作的內容上；以綿密紮實的技巧，流瀉源源不絕的情思；這就是「長文濃縮」的寫作要領。換言之，在創作時需考慮原文立意所在，錘鍊原文的技巧，同時要有推陳出新的情思；使新作既有原文的精神、技巧更有一番新的創意。所謂「青出於藍而勝於藍」，這就是「長文濃縮」的寫作目的。

「長文濃縮」是根據提供的文章，經過「閱讀」通常是由「長篇累牘」變成「短文」，或長短不變。它不是由「短」變「長」，在這當中雖有「濃縮」的意味存在，但文字可以稍作改變，結構次序則沒有不同。「長文濃縮」可將原文的內容，作適度的調整，或將原文的次序、結構，化繁為簡，或擷取精華，重新再造。換言之，「長文濃縮」的寫作，原文只是提供素材，不必全部用上，可以摘要使用，而其「創意」完全由作者來決定。

四　結語

為學不能速成，是慢工細火而來的，尤其是文科，其基礎只在「多閱讀、多寫作」，把所學到的理論加以理解、吸收、靈活應用而已。想要寫好一篇文章，第一步，必須充實自己的腹笥、打穩根基，那就是多閱讀。至於寫作，就技巧而言：那就是修辭、造句、結構等。最後，就是以最好的表現方式將心中的感想、思想給以明確的闡明。

三篇範文，以散文為主，每篇約在一千字以內，閱讀後將文章濃縮成三、四百字的短文。基於內容的需要，藉不同角度提出觀點，希望能培養學生多元思考模式。「長文濃縮」寫作前，必須有閱讀興趣的培養。我們知道長文濃縮的寫作特質是短小精悍，重點突破，言之有物、淺顯明白，讓人一目瞭然。想要達到這種境界，必須用心、細心，閱讀文章，把握重點。

有心者可利用寫作業的方式，進行閱讀訓練；只要工夫下得深，鐵杵也能磨成繡花針，寫作不外乎是多練習與實際應用。因此，多讀、多看、多想、多寫，就是提昇長文濃縮寫作能力的不二法門。閱讀習慣的養成，會使自己更敏銳；也唯有從閱讀中，才能得到知性與感性的雙重滿足；也只有依賴良好寫作的習慣養成，才能使自己的觀念得到更好寄託與表現。

閱讀與寫作

——談佳美詞句的應用

王偉忠*

一　前言

閱讀與寫作能力的培養與訓練是有其必要性，語言能力好的同學將有利於學習，對於其他學科也有幫助。閱讀與寫作若能以活潑生動來啟發學生，他們學習的意願自然提高，就像學習流行歌曲一般，容易、自然、習慣，也就可以水到渠成了。

二　閱讀與寫作的目的

在此知識爆炸時代，如何精簡繁複並能明白表達、做到言簡意賅、出口成章，避免粗俗，是閱讀寫作的要旨，也是語言教學的主要目的。閱讀是開啟與世界溝通的窗口，寫作是作者表達自己理念的傳遞。

* 新北市泰山高中國文教師。

三　閱讀與寫作的價值

閱讀與寫作是思想文化的吸收與表達的傳遞。因為我們相信自己讀的書，由閱讀學習知道過去的生活是有價值的。

四　閱讀與寫作的原理

兒童、青少年時期是學習語文的黃金時代。如何教好學生的語文，必須依學習原理進行。學習語文的不二法門為「先食桑而後吐絲」的學習原理，有「閱讀」、「背誦」、「寫作」等途徑。

在網路盛行的時代，讀書要把握時效與重點，多用手寫作，可累積自己在文字上的功夫。閱讀可以補學習的不足，有規劃的閱讀，就可增進自己的知識。看小說、散文、傳記等書籍，或閱讀旅遊書籍、文章；看歷史文物等雜誌，從中得到閱讀的樂趣。以下就個人淺見，供大家參考：

（一）閱讀韻文

觀今宜鑑古，無古不成今，詩詞是文學的基礎，欣賞詩詞，除了瞭解字面的意思，體會意境以外，最重要的是能夠感受作者的感情。唐詩、宋詞、元曲、新詩等，簡短有韻、言簡意賅、情意濃厚，人人喜愛。閱讀韻文，無形中會受到作者內化的思想、情感，而有所感動和啟發。其次，韻文的故事情境所帶來的除了吸引人的關懷外，還可提昇閱讀的樂趣，又能對自我的內省，這才是閱讀韻文的主要意義。最重要的是，在這樣繁忙而步調很快的社會生活中，擁有「韻文」的閱讀，能夠品嚐生活裡的詩情畫意；在這樣複雜而想法紛亂的人際關係裡，擁有「溫柔敦厚而不愚」的心，能夠善待自己與他人，堅定志趣、站穩步伐，我們為什麼不去讀韻文呢？

（二）閱讀小說

讀書可以讓人保持思想的活力，讓人得到智慧的啟發，讓人滋養浩然的氣概。古典的章回小說如《西遊記》、《三國演義》、《紅樓夢》等；或是西洋的名著小說如《亞森羅蘋》、《福爾摩斯》、《亂世佳人》等。小說詼諧幽默的語言，富有哲理的辨析，亦深受人們的青睞。小說第一個要素是故事，也就是有關因果關係的系列事件。一個成功的故事，必須是情節前後的連貫，事件前後呼應，細節描寫的準確。讀小說，可以培養縝密的思維，鍛鍊強健的記憶力。小說第二個要素是人物，成功小說的人物，必須是形象飽滿、行為脈絡前後一致，成為典型。讀小說可以深刻瞭解人生，掌握人的行為脈絡，進而準確預測人們的行為。小說第三個要素是審美的愉悅，也有實用的價值。因為小說裡的故事，精彩之處，也最接近真實人生，因為故事裡都在教人危機處理。其次，是小說最直接的益處是吸收豐富的語言，增進表達的能力。

（三）閱讀歷史

歷史是最好的教科書。多看偉人傳記如愛迪生、居禮夫人、孫中山、富蘭克林、蘇東坡、杜甫等，可以激發我們勵志與學習的對象。就像崇拜偶像一般，學習他們克服困難的精神與人生觀。當我們閱讀歷史人物時，要特別留心去探究，他們的童年、青少年成長的過程，以及他們的啟蒙過程。多瞭解他們人格的養成、成長的痕跡，不難理解他們人生的轉化。讀歷史我們可以從古人身上學習到他們的人生經驗，學會生命的穿透力與包容力，看看歷史人物，想想自己，也是另一種自我省思的機會。

（四）多讀報紙

多讀報補足語文教育，礙於學習時數和升學考試，學生需要的語文教育光靠課本還不夠，應該多讀報。報紙天天提供最新訊息，一份內容多元，沒有八卦，而且各種類型寫作都讀得到《國語日報》，是語文教育的利器，未來也能發揮更大的教育責任。

網路的發達、資訊的橫流，年輕學子如何分辨、擷取有用的東西，是很重要的事。我認為學生應透過手筆的寫作方式，加深我們對文字的瞭解。現在學生習慣用電腦書寫，認為手寫不重要，但手寫還是有其價值，寫下的文字可以深刻留在腦海，加深我們大腦對文字的印象，同時也可以激發我們有新的「文字創意」，我們的大腦也可以不斷為我們尋求新的理念，這是可喜的現象，何樂而不為呢？以下以二篇文章為範例，以供參考：

範例一

春回大地

吹了幾天東風，飄了幾陣細雨，盼望著的春天，又來到了人間。

和煦的太陽，一大早就探出頭來，從雲層中放射出萬道光芒，襯托著斑斕的朝霞，更顯得氣象萬千。一團團棉絮般的白雲，在蔚藍的天空飄著；當它飛過山峰的時候，一會兒遮住山尖，一會兒又圍住山腰，忽聚忽散，若隱若現，真是變幻無常。

青草悄悄的從土裡鑽出頭來，柳枝也默默的發了嫩芽，不知道什麼時候，原野已經換上青綠的新裝！桃花、李花，還有許多不知名的花，我不讓你，你不讓我，在那裡爭豔比美，互相輝映，使大地變成一塊萬紫千紅的地毯。

原野上，花叢裡，成群的蜜蜂嗡嗡的嬉鬧，彩色的蝴蝶翩翩的飛來飛去。黃鶯、麻雀、畫眉和很多不知名的鳥兒，也在紅花綠葉間穿梭。牠們高興極了，忽東忽西，忽高忽低，不停的飛著，配合輕風流水，展開牠們的歌喉，宛轉的唱出悅耳動聽的歌曲。

春天來了，人們也活潑起來了。古人說：「一年之計在於春。」春天充滿了生機，人們也充滿了新的希望。

1　文章分析

(1) 文章布局

動物：蜜蜂：嗡嗡，小鳥：穿梭，蝴蝶：翩翩

自然：陽光：和煦、萬道光芒，朝霞：斑斕、氣象萬千

白雲：棉絮、忽聚忽散、若隱若現、變幻無常

植物：青草：悄悄，花：爭豔比美、互相輝映、萬紫千紅，柳枝：默默

1. 布局：以「合分分分合」的寫作，以眼、耳、心擬人化，直敘法為主。
2. 題裁：記敘文。
3. 主旨：春回大地，景色宜人，一片欣欣向榮、充滿希望。
4. 大意：春到人間、氣象萬千、綠野平疇、群鶯初啼令人心曠神怡，大地欣欣向榮、充滿生機。

佳美詞語：萬道光芒、氣象萬千、忽聚忽散、若隱若現、變幻無常、爭豔比美、互相輝映、萬紫千紅、忽高忽低。

(2) 段落綱要

第一段：

段旨：東風、春雨到來

段意：春風、春雨拜訪人間

佳句：盼望著

（合）布局總述，春到人間。（心）（感）

第二段：

段旨：和煦陽光、雲霞變化，美化天空

段意：春陽萬丈光芒、朝霞氣象萬千，白雲飄淨天際、忽聚忽散、變幻無常，山峰也為之若隱若現。

佳句：萬道光芒、和煦、斑爛、氣象萬千

（分）布局敘天空，雲的變化（晨陽、朝霞、白雲、山峰）遠景

（目）擬人化

第三段：

段旨：青草嫩芽悄悄探頭，百花爭豔、互相輝映。

段意：原野新添綠裝，給大地喚醒，百花比美、互相輝映、給大地印美麗的色彩，萬紫千紅。

佳句：悄悄、默默爭豔比美、互相輝映、萬紫千紅

（分）布局敘花草，描寫草花姿態近景。（目）擬人化

第四段：

段旨：動物的嬉鬧、穿梭飛舞，並發出悅耳動聽的歌曲。

段意：蜜蜂的嬉鬧、蝴蝶的飛舞，群鶯的初啼、水流淙淙的歌唱、令人賞心悅目。

佳句：嬉鬧、翩翩、穿梭、忽高忽低、宛轉

（分）布局敘動物。蝴蝶、鳥的飛舞、遠近景物、（目）（耳）擬人化

(3) 結尾

1. 段旨：春天充滿生機
2. 段意：春天給人們新的希望
3. 佳句：一年之計在於春、生機

（合）布局：期許、勉勵（呼應第一段）有感而言（心）（感）

全文佳美詞句：（A）盼望（B）若隱若現（C）爭豔比美（D）宛轉（E）生機

2　範文習作

春天

春到人間，人們有了（盼望）。大地充滿一片欣欣向榮，生趣盎然，多采多姿的風光：山峰在白雲陪伴下，（若隱若現）變化萬千十分有趣，百花在花園裡（爭豔比美）互相輝映，景色宜人。不甘寂寞的蜂蝶鳥兒們也在花草間飛舞穿梭，不時發出（宛轉）悅耳的歌聲，令人心曠神怡。春天充滿了（生機），人們也充滿了新的希望。

範例二

沒字的書

曾聽到一位書店老闆自誇著說：「只要把白紙印上黑字，我都有方法使它銷行。」這句話，並不足以表示這位書店老闆的高明，只不過顯示讀者的愚闇而已。

一般人心目中的書，都以為限於把一疊印有黑字的白紙裝成一本一本的東西。其實，最古的書，有用刀刻在竹上或用漆寫在縑帛上的，也有寫在樹葉上或刻在石上的。在那個時候，成書既很困難，得書也就不容易，對於書，便不得不十分尊重；到了真成為書的時候，自然比較的有價值。自從發明了印刷術，書的數量逐漸增多，價值也每況愈下，直到現在，無論是怎樣不通的文章，荒謬乖誕的思想，都可以變成了書。於是乎讀書的人，除了做書店老闆的搖錢樹之外，再沒有別的任務。

最好的書，最使讀者受用的書，應該是沒字的書。這種沒字的書，只有最聰明最勤勉的讀者，才配讀它。幻燈片和留聲機的發明，許多人都認為是沒字的書的開始。由幻燈片進步到電影，留聲機進步到無線電話，沒字的書，勢將奪去了有字的書的地位。然而這樣的沒字的書，還要靠著某種特定的人，替你經過某種特定的設備，才可以供給你去讀。而且即使沒字，卻還少不了語言。我所謂沒字的書，卻用不著人家替你作特種的設備，也用不著有什麼語言的。

從古以來，許多大聖賢、大豪傑、大學問家、大發明家、大藝術家，所讀的往往是沒字的書，也往往靠了沒字的書成就他們的大事業、大學問、大藝術的創作。這沒字的書，充塞在宇宙之間，萬古常新，俯拾即是，用不著出錢去買，自然也用不著防書店老闆的欺騙。有字的書，是用眼看的，用口讀的；沒字的書，卻得用心來看，用力來讀。

1　文章分析

（1）大意

這一篇文章從「中學生雜誌」中選錄出來的。鼓勵大家在書本以外，也能多接觸自然環境，並且努力於生活實踐，以培養情趣，累積經驗，來充實我們的生活。

（2）段意

第一段：一般人錯誤的觀念認為知識是來自白紙黑字的書，有些人更相信銷行的書是最好的。

第二段：古時候因書得來不易，對書十分珍惜著書人更受人十分尊重；發明印刷術以後，書來得更容易，其價值也就每況愈下，荒謬乖誕之思想也能成書，讀書人也就淪為他人賺錢的工具，成為搖錢樹。

第三段：今日科技進步，只有最聰明、最勤勉的讀者，才會善加利用科技來充實自己的知識。

第四段：其實想要成為一個有學問的人，也很簡單，只要你用心和用力去觀察大自然，必定會有收穫的，李白曾說：「大塊假我以文章」，胡適也說過：「處處小心皆學問」，充塞在宇宙之間，萬古常新，俯拾即是知識。

（3）作法

（起）第一段破題：又何必一定要有字的書呢？

方法：引用他人之語：「只要把白紙印上黑字，我都有方法使它銷行。」

目的：讀者的愚闇（諷喻）

（承）第二段承題：書、古今之異——白紙黑字

方法：比較法

正面說：古代：竹→縑→樹→石＝困難＝十分尊重

反面說：今日：印刷術→容易＝容易＝不重視、荒謬乖誕

目的：讀書人被人利用＝成為書店老闆之搖錢樹

（轉）第三段起講：入題「沒字的書」

方法：勉勵法：用「心」＝勤勉「眼」＝電影幻燈片「聽」＝留聲機

目的：（A）利用現代化的幻燈、電影、電話、留聲機

（B）時塵第二段：今日科技→印刷術

（合）第四段總結：（呼應三段，緊扣第一、二段）

方法：串聯法，深入說明，大自然。

第三段：大聖賢、大豪傑、大學問家、大發明家、大藝術家最聰明、最勤讀沒字的書；宇宙之間，萬古常新，俯拾即是。所謂沒字的書，指的就與大自然多接觸。

第四段：眼、口、心去體驗大自然，不用防書店老闆。

目的：鼓勵：用「心」和「力」去享用大自然。

全文佳美詞句：愚闇、荒謬怪誕、萬古常新、俯拾即是

2 範文習作

讀書

老闆自誇著說：「只要把白紙印上黑字，我都有方法使它銷行。」這句話，並不足以表示這位書店老闆的高明，只不過顯示讀者的（愚闇）而已。我不同意老闆的說法，讀一本好書，猶如面對一位良友，此為讀書一樂。

讀書與交友，仍有大異其趣之處：交友是相對的，讀書是完全操之在我的。讀一本好書，興致高時，可以徹夜不眠。若讀一本（荒謬怪誕）的書，將影響你的思想與行為。若一本書乍看之下尚覺可取，細看則不值一讀，便可棄之不顧，我有完全的自由。此為讀書一樂。

讀偉人傳記，不覺肅然起敬，油然而生見賢思齊之心。在消極悲觀時，思及偉人早年遭遇的苦難數倍於我時，彷彿發現一盞光亮的明燈，更有（萬古常新）的感覺，讓人轉為積極樂觀，此亦讀書一樂。

古聖先賢，雖已離人間，但其思想語言，存留書中，（俯拾即是）。讀其書，如飲甘泉般滋潤我的心靈，不覺樂在其中。

我曾在一本書上得到這麼一句話「善讀書者，無之而非書，山水亦書也，棋酒亦書也，花月亦書也」。用心看世界是我們今後最需要的功課。將大地當成一本大書來閱讀，即使是一缸餿水、一杯濁塵、

一堆垃圾，街上的流浪漢，或是卑微身姿者。我們也要以慈悲的心，關懷的心，讀出人間的悲憫，給與人道的關懷。你將會發現大自然是一本好書，世界是一本無字的天書。

五　結語

所謂佳美詞語的應用，不是刻意標榜。而是在語文教學練習的時候，特別提醒學生注意，在閱讀小說、散文、歷史故事等書籍的時候，養成自我學習的習慣，隨手記錄、作筆記等寫作的「笨」工夫。

以上所言，是個人多年教學經驗所得。閱讀部分如「韻文」、「小說」、「傳記」、「散文」等，學生可依教師上課的進度，尋找自己喜愛的課內（外）作品、書籍，有規劃的深入閱讀。透過課程進度，以宏觀的胸襟，對古往今來的作品加以鳥瞰、探索、瞭解與探討，對各種文體的特色與寫作技巧，加以分析說明：如此練習自然可以增進自己閱讀能力的提昇。又可從內容上，以課程的文體語言，深究城市、鄉土、旅遊、自然、人情、科學、藝術、文藝、校園、國際等方面的作品內涵；以憐憫慈悲的心，關懷社會、國家、人類與大地。中小學生可以輕鬆的閱讀，廣泛的吸收知識，可以把文學的種子播入心田，為往後的創作儲存內容。

在寫作方面，學生也可以從文章內容上加工，如有好的文句、詞語、俗語、諺語、成語等，將這些詞彙抄錄下來，時時在日記、週記、寫作上加以應用佳美詞句。同時也可以用「換句話說」、「照樣造句」等方式，自我練習。久而久之，對於寫作也就不會產生畏懼、感到陌生；甚至會有一種成就感，陶醉在寫作的樂趣中而不自知呢！

最要緊的工夫是，任何作品的完成，一定要耐心、細心一字一句的唸出來，務求文句通順、文從字順，這是不可缺的「笨」工夫，也是最有效的工夫，所謂「口誦心惟」，就是這個意思。只有經由「口誦」，才能經由聲音讓自己感受遣詞造句是否通順；只有經由「心惟」（用心思考），才能體察內容深淺與思緒是否縝密。

總之，寫作固然須要才情，但能勤勞耕耘，縱使才情稍遜，也可以靠著按部就班的訓練，達到一定的水準。至於閱讀，則不論才情高低，只要想提筆寫文章，就必須下此工夫，那是沒有特殊的捷徑可求！

優雅語言與寫作能力

王偉忠*

一　前言

如果人生真的有一條起跑線，孩子要帶著跑完全程的裝備只有認知和學業成績嗎？在只有認知和學習的起跑線上，孩子看到的願景是什麼？不把握黃金時期給這個正在發展的能力充分練習的機會，能力是不可能「自然而然」發展出來的；錯過了，也很不容易彌補。畢竟孩子的學習除了語言，還有社會性、動作、人格發展與其他學科的知識，都是在這個時期最要的學習任務，就培養孩子的大量閱讀，以及積極應用語言的能力而言是最重的一環，也是他人生最主要學習的動力。因此，本文特別注重學生自習的重要性，並且提出最簡單的學習方法，以供參考。

二　精緻的語文教育

早年以德智體群美五育並重，新課程則以七大學習領域課程，稀釋基本能力科目的學習節數，忽視德育的培養，如何培育健全人格的國民，我以為要從孩子日常生活做起，首先就是語言的教育。因為數位電氣化的原故，孩子只會從中操作練習，而少與他人接處，所以

---

* 新北市泰山高中國文教師。

在應對上、語言的應用上也就缺少優雅的語言練習了。如何善用精緻的語言與人對話，也就成了日後語文教育的主要關鍵。我認為日常生活中將感人的故事或新聞事件作為語言練習的素材，並且要有計畫性定出主題，供學生學習，以談話性或採取對話性的方式，進行教學活動，將品德、語言教育融合一起，內化在學生的腦海裡，應用於日常生活中。

為了提昇語文的教育，教師可以將學習的主導權交回學生手中，讓學生多元角度來陳述自己的觀點，以多元評量機制呈現學生的各項潛能，尤其是品德與語言方面。透過教師課前事先備課、學生回家先行預習，教師在課堂中的任務便是引導學生思考，並與人合作，表達想法，從中經歷一場豐富的學習饗宴。我建議家長與孩子一起學習，不要求孩子有唯一的標準答案，讓孩子思考答案，讓孩子思考答案的多元性。比如：親子共閱讀時，可與孩子一起思考文章的內容，與作者所要呈現的思想是什麼？答案則由孩子來決定，由他們來表達，並鼓勵孩子要有自發性的學習習慣，以及自我找尋答案的能力。同時伸展閱讀觸角，由閱讀中找尋佳美詞句、成語、優美詞語、俚語、俗語等用語，並且要求孩子有隨手記錄，將好的詞句記來，建立良好的閱讀習慣。又能於日常生活中與人對話時有良好的語言表達，如此養成習慣，自然而然的也能應用在寫作上。

所謂「大塊假我以文章」、「凡走過必留下痕跡」、「處處留心皆學問」。只要我們用心去「停、聽、看」、用心去「感受、體會、關懷」，無論是自然界、人與人之間的群己關係，或則是對景、對物，甚至於你身旁的人、事、物。在用心學習之餘，也要專注於教室外的學習。因為，黑板上呈現的是有限的知識，教室外的學習卻是無限的。以下為個人的意提出參考：

（一）語文教育目的

在此知識爆炸時代，如何精簡繁複並能明白表達、做到言簡意賅、出口成章，避免用粗俗的語言對話、寫作，這才是精緻語文教育之主旨。有好的語言思維，才是奠定數理的最佳基礎，學生的數理不發達，就是不重視語言的後果。學生的思維能力的培養，就是靠語言能力的表達，語文不好，其他科目也一定學不好。

（二）語文教育價值

1. 語文為學問之母。學習語言的目的，主要用來溝通，溝通方式有二種，一是口語，一是文字。無論是口語或文字，打好語言基礎才是最重要的。
2. 語文是孩童社會行為發展重要媒介，影響青少年人際關係的和諧與情感交流，為思想及情感的重要表達工具。
3. 語文如人之儀表衣著，關係個人在別人心目中第一印象至鉅。語言粗鄙，出言不遜，令人討厭；言詞優雅，出口成章，令人喜愛。
4. 影響民主政治生態，影響國族人品氣質；語文教育影響思想文化的吸收，表達和傳遞。
5. 有助於其他學科的學習。為史地、自然、生物，尤以理化定律、及數學定律奠定學習的基礎，為奠定學生良好的語文基礎，還有其他甚多影響人生的重要點。

（三）語文教學原理

兒童少年是學習語文的黃金時代，也是奠基時期。如何教好學生語文，必須依學習原理順序進行。語文學習有效途徑是「背誦」，也有「先食後吐」的原理。其次，是觀察入微，對一件不起眼的事，活靈活現說出來；說理論道皆有出處，旁徵博引的展現知識；天馬行空想像，將平常事物編織綺麗的夢想，這就是語言能力培養的主目的。以下是個人的見提出供大家作參考：

1. 讀古詩詞

（1）簡短有韻、易於背誦、言簡意賅、情意濃、人人喜愛。

（2）能按詩意、詞意作畫，表示懂得詩詞意境，孩子的表現將會給父母有意想不到的成果，孩子豐富的想像，也會令人意想不到的。

2. 讀故事書：以淺顯較適合青少年心理所想要的，如「成語故事」、「歷史典故」等有趣味的短篇文章。

3. 佳美詞句：在課前預習時，勾畫出各科課文中的佳美詞句。

（1）每週收集：各科目內的佳美詞句加強注意。

（2）將佳美詞句製成長條，張貼於教室，造成耳濡目染的自然情境。

（3）展示於家中：佳美詞句掛於家中的書房，展示在臥房，以收加強記憶之效，熟能生巧後，自然而然的就能應用於日記、報告、作文等寫作上。

佳美詞句條文範例

萬古常新

佳美詞句測驗

佳美詞句測驗（一）

1 何足掛（ ）	2 沒（ ）難忘
3（ ）亡舌存	4 形同（ ）路
5 罪證（ ）鑿	6 愛不（ ）手
7 音訊渺（ ）	8 眠思（ ）想

佳美詞句測驗（二）

1. 今天是我家的喬（遷）之喜，請各位務必闔第光臨。
2. 她平日嬌生慣（養），養（尊）處優，粗茶淡飯的日子當然過不習慣。
3. 無論（喪）葬祭祀，都要依照禮節來行。
4. 蔣夫人的嘉言（懿）行，一時傳為美談。
5. 歐母畫（荻）教子，雖然家中一（貧）如洗，仍意志堅定。

佳美詞句測驗（三）

1（）新厭舊	2（）高采烈	3（）義勇為
4 彬彬有（）	5 單槍（）馬	6（）過能改
7（）走高飛	8 積（）如山	9 山珍（）味
10 一（）而終	11 頭頭是（）	12（）憂解勞

佳美詞句測驗（四）

1. 這個角色，完全以內心戲為主，若要表達得恰如其（），的確不容易。
2. 他為人虛（）若谷，很受大家的尊崇。
3. 他有（）知之明，知道自己技不如人，所以放棄比賽。
4. 這篇文章，雖然文句通順，可是比起你寫的就相（）見絀了。
5. 作戰的時候軍（）如山，誰也不可違抗。
6. 他考了一百分心中非常（）得意滿。
7. 小明是一個（）（）君子，而且很有禮貌。
8. 中國地大物博，幅員（）闊。

佳美詞句測驗（五）

臨陣磨槍	劍拔弩張	驚濤駭浪
玉石俱焚	暗度陳倉	藏頭露尾
繼往開來	險遭不測	滿腹經綸
三頭六臂	變化莫測	當機立斷
平步青雲	五介不取	利慾薰心
樹大招風	六神無主	含沙射影
冷眼旁觀	將功贖罪	顛撲不破
汗馬功勞	歸正首丘	
女子無才便是德		

1. 這一帶的商店，因哄抬物價而遭到政府的取締，結果「　」，得不償失。
2. 我們都肩負著「　」的歷史任務，現在應努力充實自己，以便日後能擔當重任。
3. 西方天際的晚霞「　」，令人歎為觀止。
4. 這次班際排球比賽，各隊實力相當，本班歷盡「　」，終於贏得冠軍寶座。
5.「勤能補拙」是「　」的至理名言。
6. 小蔡最近鬼鬼祟祟，「　」的，八成是做了什麼見不得人的事。
7. 做任何事情之前，周詳的準備是最重要的，「　」終非長久之計。
8. 已經亮黃燈了，那輛計程車還冒險硬闖，令我這個無辜的行人「　」。

佳美詞句的寫作練習

日記一則

王小明的[1]（聰）（明）才智，是班上同學所公認。我最欣賞他的是[2]（和）（藹）可親，待人的態度，不管在什麼情況下，他總是[3]眉開（眼）（笑）跟人打招呼，從未有（趾）高氣（昂）的神態，他常以[4]（虛）（懷）若谷的學習心向同學請益，這是我不如他的地方。

今天王怡惠以[5]（愁）（眉）不展的表情告訴我，昨天她搭公車回家的時候，看到一起令人[6]（怵）（目）驚心的車禍，現在想起來，仍然令人[7]膽顫（驚）（心），[8]驚（魂）懾（魄）的。

習作一　雜感

一位成功的偉人，必須要有[1]（冒）（險）進取的精神，才能在惡劣艱困的環境裡，[2]（愈）挫（愈）奮；[3]（堅）（忍）不拔的完成大業；一個不肯上進的人，他只會[4]坐（吃）（山）空，整日[5]（好）（吃）懶做，總是幻想[6]不勞（而）（獲）的美夢，甚至有[7]（守）（株）待兔的心態，期望他有[8]（犧）（牲）小我，（完）（成）大我的心志，有若河漢般的遙遠。

古人常說：[9]「（百）（善）孝為先」，「忠臣出於（孝）（子）之門。」這些話是告訴我們，為人子女的要盡心盡力來報答親恩。前年李校長曾在母親節的前夕，講一則故事，至今仍[10]縈繞我的（腦）（海），不能離去。前日母親因[11]（積）（勞）成疾而住院。當我看到白髮（蒼）（蒼）的母親，她用[12]微弱而（顫）（抖）的聲音跟我說：「孩子你每天[13]早出（晚）（歸），忙於功課，何必為媽的小病而分神呢？」我聽了以後，[14]（熱）（淚）盈眶，握著母親的手說：「媽您請放心，孩兒長大一定會[15]光耀（門）（楣）絕不令您失望。」

習作二　父親

父親雖然兒女成群，仍然孤單的一個人生活著。他的子女為了生活、工作而忙碌，每天早出晚歸，為生活而打拼，這也許是現代人的悲哀吧！

父親雖有硬朗身體及豪邁的個性，凡事看得開、想得遠，對子女們的工作忙碌也十分能體諒和寬恕。因此，孩子們的成就也就令他格外歡欣。

假日是父親最高興的時刻，兒孫滿堂歡聚一起享受天倫之樂，這時父親的心胸特別開朗，他臉上綻開笑容、唇角沁出笑意，那種得意開懷的心情令人羨慕。

每當我看到父親臉上的皺紋加深，銀白鬢絲充滿腮邊時，內心更是忐忑不安，久久不能釋懷。唯有在我心靈深處深深的祝福他老人家身體健康、精神愉快。

精緻語文教育最終目的：在使學生有寫作發表能力，出口成章，而且言簡意賅，字字珠璣。語文教育中還有「問答」、「傾聽」能力和「語態」在人格建構中有所補充與增強能量。學生應用「佳美詞句」能力與興趣的反映，自然而然就會應用在日常生活中。

關心時事落實生活中，每天花十分鐘閱報，並剪下一則自己覺得有趣或有內涵的新聞，而後利用晚餐時間，可以就這則新聞和孩子一起討論。一天一則，一年三百六十五則，兩年七百三十則，三年可就千則了，父母為孩子累積新聞數量與知性影響將非常驚人，自然而然孩子的語言應用，正能量的增加也就驚人了。

寫作是靠平日閱讀與寫作而來的，多看、多念、多寫、多閱讀，這是最根本的方法。作文就是寫自己平日的居家生活。只要我們用心去「停、聽、看」、用心去「感受、體會、關懷」，無論是自然界、人與人之間的群己關係，或則是對景、對物，甚至於你身旁的人、事、物。只要你有心、用心，靜下你浮動的心；用你的靈動的筆記錄所見所聞，明白將它寫出來，就是一篇好文章。

要引導學生寫一篇讀後感，最重要的是能「讀懂」、「讀會」方能「有感」。因此，如何教會學生「讀懂」、「讀會」，需要閱讀策略。讀後感是閱讀後，按照一定要求，寫一篇感想。最大特點是有「讀」有「感」，彼此不能脫節，須在讀懂原文的基礎上，扼要交代內容，再與自我經驗連結，寫出自己的想法。

在閱讀歷程中，透過提問運用「何人？何事？何時？何地？如何？」這幾個問題，協助學生掌握故事基模，理出人事時地物的發展，引導理解文章脈絡。當學生具有整合文章重要訊息能力，教師可再指導學生練習刪除與歸納的方法找出主題句，學會做摘要的能力，學生也就學會如何簡潔的介紹所閱讀材料的主要內容。

讀後感是將閱讀和寫作結合在一起，閱讀是資料輸入，而寫作是資料輸出，「讀」帶動「寫」，讀和寫結合，實質上是「吸收」和「表達」的結合。如果教師希望提高學生的寫作能力，就先要提高他們的閱讀理解力，同時也提高了學生語言表達的能力。

其次，是課文與文章的閱讀，或是預習和練習，也是孩子最重要的閱讀泉源。自然科也好、社會也罷，只要孩子用心、有心預習、複習，依照上述的方法來練習，我相信孩子的語言表達自然會有驚人的表現。

三　結語

想寫好文章，除了要大量閱讀外，累積生活經驗也很重要。學生人生歷練不夠，即使寫作技巧高超，但情感不足，內容仍是空洞。為增加學生作文質感，學生除了大量閱讀外，同時要求學生從文章中瞭解作者對事件主觀意識及其中的哲理思想。同時也要學生務必在日常生活中，與人應對時、說話的時候時時提醒自己，要有優質的語言表現，同時也要時時將個人的情感隨時表現出來。我們也可以利用看影片，快速吸收到感情，影片中的故事不管是真是假，它給人啟示多是正向的，同時也具有寓教娛樂的特效，才能吸引觀眾目光。

寫作的創意是在感動人心，所謂「詩情畫意」即是感動的呈現。不論寫詩、寫文、或是繪畫最終都是想講故事。而故事要感動人，就得有創意，創意來至日常生活的感受。創作就是作家自己抒發情感的方式，而收集他人的作品或閱讀作家的作品，也是為自己的創作立下良好的基石。

敘事詩之寫作手法及其特色

林均珈*

一　前言

敘事詩，指的是有人物、情節並以第三人稱進行敘事的韻文或韻散相間的民間詩歌。西方的史詩即敘事詩，皆以Epic表示，希臘文寫作Epos，意指「故事」、「敘事」或「陳述」。中國文學中，凡敘述故事的詩歌都屬於敘事詩，如〈孔雀東南飛〉、〈木蘭詩〉等作品，又稱為「故事詩」；而西洋文學中，一種半戲劇性的詩歌，以記敘人物事件為主，大多述說英雄行為，取材於歷史、傳說以及神話等作品，如荷馬的〈伊利亞德〉、〈奧德賽〉等作品，又稱為「史詩」。此外，繼唐詩、宋詞、元曲、明傳奇之後，清子弟書又是一個韻文創作的高峰。子弟書是北方俗曲之一種，而且是以唱的方式為主，盛行於乾、嘉、道三代，至光、宣時始趨沒落。北方鼓詞類的子弟書從文學上劃分亦屬於敘事詩，它往往用大段的詩話唱詞來渲染故事，從而在婉轉悠揚的詞曲中征服聽眾。本文即是以樂府詩〈木蘭詩〉和子弟書《思玉戲鬟》為範圍，探討敘事詩在敘事手法、寫作技巧以及人物形象三方面之特色。

* 臺北市立大學中國語文學系博士。

二　敘事手法

劉知幾《史通》說道：「國史之美者，以敘事為工；而敘事之工者，以簡要為主。簡之時義大矣哉！」劉知幾不僅把敘事作為一種方法來強調，而且從史學實錄以及糾正六朝靡麗文風的立場來談論這個問題。所謂「敘事」，它所記敘的是人、事、物的動作變化或事實推移的現象，這是屬於動態的時間描述。它和作者把人、事、物的狀態、性質和效用，根據其所見所聞所想到的記述下來而屬於靜態的空間的描述不同。在古中國文字中，「敘」與「序」相通，敘事常常稱作「序事」。此外，戲曲文本為「代言體」；說唱文本則是以「敘事體」為主、「代言體」為輔，而且仍屬「敘事」文體。關於敘事手法，茲舉樂府詩〈木蘭詩〉與子弟書《思玉戲鬟》，說明如下：

首先，〈木蘭詩〉，又稱〈木蘭辭〉、〈木蘭歌〉，是北朝的樂府民歌，作者不詳。此詩描述木蘭基於孝道，女扮男裝、代父從軍的英勇故事。木蘭具有純真善良的本性、勇敢吃苦的犧牲精神，以及淡泊名利的崇高品格，因此成為中國傳統中完美的女性典範。從詩句中，可以看出主述人（即第三人稱）、木蘭父（母）、木蘭三種身分，例如：「唧唧復唧唧／木蘭當戶織」兩句為主述人的口吻；「不聞機杼聲／惟聞女嘆息／問女何所思／問女何所憶」四句為木蘭父（母）的口吻；「女亦無所思／女亦無所憶／昨夜見軍帖／可汗大點兵／軍書十二卷／卷卷有爺名」六句為木蘭的口吻；「阿爺無大兒／木蘭無長兄／願為市鞍馬／從此替爺征／東市買駿馬／西市買鞍韉／南市買轡頭／北市買長鞭」八句為主述人的口吻；「朝辭爺孃去／暮宿黃河邊／不聞爺孃喚女聲／但聞黃河流水鳴濺濺／但辭黃河去／暮至黑山頭／不聞爺孃喚女聲／但聞燕山胡騎聲啾啾」八句為木蘭的口吻；「萬里赴戎機／關山度若飛／朔氣傳金柝／寒光照鐵衣／將軍百戰死／壯士十年歸／歸來見天子／天子坐明堂／策勳十二轉／賞賜百千強／可汗問所欲／木蘭不用尚書郎」十二句為主述人的口吻；「願借明駝千里足／送兒還故鄉」兩句為木蘭的口吻；「爺孃聞女來／出郭相扶將／阿姊聞妹來／當戶理紅妝／小弟聞姊來／磨刀霍霍向豬羊」六句為主述人的口吻；「開我東閣門／坐我西閣床／脫我戰時袍／著我舊時裳」四句為木蘭的口吻；「當窗理雲鬢／對鏡貼花黃／出門看火伴／火伴皆驚惶／同行十二年／不知木蘭是女郎」六句為主述人的口吻；「雄兔腳撲朔／雌兔眼迷離／兩兔傍地走／安能辨我是雄雌」四句為木蘭的口吻。如上所述，〈木蘭詩〉的作者就是「敘事」的主述人，作者必須不斷地「跳進跳出」描寫故事，除了「敘事」還兼「代言」。

其次，現存敷演《紅樓夢》故事的子弟書有三十二種，其中，《思玉戲鬟》全一回，作者不詳。開端有詩篇，內容主要是根據《紅樓夢》第一百〇九回〈候芳魂五兒承錯愛　還孽債迎女返真元〉部分情節改編而成，描寫賈寶玉婚後，仍思念林黛玉、晴雯，以及他誤將柳五兒當作死去的晴雯之故事。從《思玉戲鬟》的正文中，可以看出演員必須身兼主述人、賈寶玉、柳五兒三種身分，例如正文寫道：「痴公子自從黛玉離魂日／成大禮納聘迎妝事已完／雖有那風流的妻妾同相守／但是他秉性兒乖張，一味的歪纏／病懨懨憂思表妹的情切切／痴呆呆愁想侍女的意堅堅／他只說木石的前盟托生死／並不念金玉的姻緣在夢裡傳」八句為主述人的口吻；「暗思量說：『自從表妹身辭世／也無個夢警見芳顏／只使我掩衿偷拭相思淚／閉戶愁看碧落天／我不免今夜孤眠於外榻／耐性兒夢中必定見嬋娟』」六句為賈寶玉的口吻；「想畢時，頻呼侍女移衾枕／臥綉榻，翠被香熏反側到更闌／睡不著的痴郎忙坐起／倚綉枕，眼含血淚意流連／半晌發呆頻轉目／呼侍女，屏後輕出小丫鬟／嫣紅奼紫嬌難比／燕朱鄭紫態無端／

蓮步輕移侍榻左／嬌姿豔豔俏眼纏綿／這寶玉神魂飄蕩情切切／睜眼睛加細打量小丫鬟／殘妝頭上烏雲偏挽／翠帶身邊紅襖披肩／西子的風流，明妃的度態／傾國的舉動，飛燕的容顏／近前來，亭亭玉樹臨風立／最消魂，纖纖玉手捧定茶盤／痴公子看罷佳人心迷亂／意綿綿頭也不回，眼都瞪圓」二十句為主述人的口吻；「說：『細瞧這侍兒好似晴雯樣／俏龐兒俏到個十分妙不可言／一雙眼兩道春山秀且麗／兩隻手十指蔥尖軟又綿／看起來，月殿的仙姬不如斯美／這就是一團的造化，偏在女兒跟前』」六句為賈寶玉的口吻；「痴公子痴情大作迷心腑／他把那五兒當作了去世的丫鬟」兩句為主述人的口吻；「低問道說：『奶奶和襲姐安歇了否／你看看這等寒天，你連衣服也不穿／倘然凍出些兒病／這嬌娜的身子怎耐病纏』」四句為賈寶玉的口吻；「這寶玉一壁裡說著輕伸手／向床頭取過了皮衣遞給丫鬟」兩句為主述人的口吻；「說：『暫且披衣在床頭上坐／趁無人，咱倆對面敘敘心田』」兩句為賈寶玉的口吻；「痴公子把五兒當作晴雯樣的侍婢／他把那素手輕攜，笑眼兒綿纏／侍兒羞躲低聲語／紅怯怯的香腮帶怒顏」四句為主述人的口吻；「說：『快些撒手，好好兒的坐／是怎麼了？攬臂攜肩的這等憨纏／倘若是被人知道，那時怎樣／倒鬧得彼此敢怒而不敢言／再者呢，你是個爺們，奴是個侍女／哪有個無上無下的這等刁鑽／總說罷，奴家非比別人者／憑爺們說時惱，笑時怒，往死裡熬煎／不過是浮來暫去的在此應役／哪有個千里長蓬不散的席筵』」十句為柳五兒的口吻；「一席話，說的個寶玉無言痴痴的坐／呆獃獃，喪氣低頭滿臉的羞慚／侍兒移步歸屏後／公子合衣臥榻邊／正所謂：候芳魂侍妾五兒承錯愛／到後來，還宿債俏娘迎女返真元／恰遇著景物和融春氣象／驅斑管感嘆閒情解晝眠」八句為主述人的口吻。如上所述，說唱文學的說唱人就是「敘事」的主述人，演員必須不斷地「跳進跳出」說唱故事，除了「敘事」還兼「代言」。

三　寫作技巧

一般而言，篇章的詞采、修辭、協韻三方面，可以看出作者的寫作技巧。

首先，由於樂府詩是採自各地的歌謠，因此，它的內容豐富，大多敘事寫實，頗能反映時代。樂府詩相當自由，無句數、字數限制，不講求平仄、對仗，押韻較寬。其中，〈木蘭詩〉全篇共六十二句，在詞采方面，作者採用大量的狀聲詞，例如「唧唧」形容織布聲、「濺濺」形容流水聲、「啾啾」形容馬鳴聲、「霍霍」形容磨刀聲。這些模擬事物或動作等聲音的狀聲詞，能使讀者如聞其聲並加深印象；在修辭方面，此詩共使用了鑲嵌、互文、轉品、類疊、摹寫、倒裝、對偶、誇飾、排比、設問十種技巧；在協韻方面，兩句一韻，有換韻，共使用〔i〕、〔eng〕、〔an〕、〔ou〕、〔ang〕五個韻，除「織」、「憶」、「息」三字為入聲韻外，其餘「兵」、「名」、「兄」、「征」、「韉」、「鞭」、「邊」、「濺」、「頭」、「啾」、「飛」、「衣」、「歸」、「堂」、「強」、「郎」、「鄉」、「將」、「妝」、「羊」、「床」、「裳」、「黃」、「惶」、「離」、「雌」二十六字皆為平聲韻。

其次，子弟書《思玉戲鬟》僅一回，大致分為兩部分：一是詩篇，一是正文（含結語）。詩篇有八句，加上正文七十二句，總計八十句。在詞采方面，由於子弟書是屬於詩讚系板腔體，句式是以七字句或十字句為主，有時還可以加上襯字，使句子加長，句式更加靈活。曲文具有「散文的韻文化」和「韻文的散文化」的現象，而句子的加長是使它的語言通俗化的一個重要標誌。當句子加長到二十多字時，結構自然較鬆散，而散文化、口語化的詞語往往就會出現[1]。在修辭方面，《思玉戲鬟》共使用了對偶、類疊、借代、摹寫、譬喻、設問六種技巧。在協韻方面，《思玉戲鬟》的詩篇與正文皆符合「十三道轍」的規定，每回詩篇與正文使用同一韻轍即言前轍（即協韻〔an〕）。上句末字為仄聲，下句末字為平聲，兩句一韻，皆平聲韻。

四　人物形象

大體而言，敘事詩的作者往往藉著場景的襯托、對話的設計、故事情節的增益，使人物的形象更細膩。

首先，〈木蘭詩〉一般認為是北朝時人民集體創作的民歌，北朝戰爭頻繁，人民好勇尚武，即使女子也擅於騎射，所以提供了產生〈木蘭詩〉的絕佳背景。

木蘭，傳說中的女英雄，她的姓氏、籍貫都無法考究。詩中成功的塑造了木蘭的英勇形象，肯定了女性的能力與智慧，她不僅是孝道的表率，也成為女姓不讓鬚眉的典範。本詩具有民歌樸實自然的風味，並擅用修辭技巧，語言活潑，敘事生動，成功的塑造了木蘭這位女英雄的形象，讓人印象深刻。詩中傳奇性的故事情節，在作者簡繁有度的鋪陳下，生動地呈現了民歌的情調，成功地烘托出木蘭巾幗英雄的形象，實為敘事詩之傑作。〈木蘭詩〉的特色有五，包括：第一，表現孝道，肯定女性；第二，依時間順序，達到喜劇效果；第三，善用對話，並有感性的筆法；第四，語言活潑自然，修辭豐富；

1　林均珈《紅樓夢子弟書研究》（臺北市：萬卷樓圖書公司，2012年1月），頁280-281。

第五，民歌形式，風格粗獷豪邁。

其次，《紅樓夢》中賈府的奴僕們是分等級的，老婆子們的地位固然比小丫鬟矮了一截，然而，在眾多的丫鬟當中，小丫鬟的地位又是最低的。平兒、晴雯、鴛鴦、花襲人等是屬於大丫鬟，至於柳五兒、小紅則是小丫鬟。從小說中，可以看出作者對於小丫鬟柳五兒的描述不多。然而，《思玉戲鬟》的曲文描寫柳五兒的外貌是：「嫣紅姹紫嬌難比／燕朱鄭紫態無端」、「殘妝頭上烏雲偏挽／翠帶身邊紅襖披肩／西子的風流，明妃的度態／傾國的舉動，飛燕的容顏」；動作是「蓮步輕移侍榻左／嬌姿豔豔俏眼纏綿」、「亭亭玉樹臨風立」、「纖纖玉手捧定茶盤」。尤其是曲文不僅以「一雙眼兩道春山秀且麗／兩隻手十指蔥尖軟又綿」兩句深入描繪柳五兒的眼、眉以及手，而且以「細瞧這侍兒好似晴雯樣／俏龐兒俏到個十分妙不可言」、「看起來，月殿的仙姬不如斯美」等句形容柳五兒的外貌美到極點。子弟書作家細膩地刻畫了柳五兒的外貌、表情與動作，使得這位小丫鬟的形象更加豐富。子弟書藝術成就的特色有四，包含：其一，敘事委婉，情文並茂；其二，寫景狀物富有詩情畫意，令人心馳神往；其三，對人物內心世界的刻畫，嫵媚細膩，激情充沛；其四，語言的清新明麗，鋪陳排比[2]。

五　結語

樂府詩〈木蘭詩〉是一首歌頌人物的敘事詩，作者採順敘法，以時間為線索，使故事的進行流暢有序。首段用「唧唧復唧唧」的織

2　關德棟、周中明：〈前言〉，《子弟書叢鈔》（上海市：上海古籍出版社，1984年），頁1。

布聲拉開序幕，以「停杼嘆息」造成懸疑，再透過問答的方式來鋪展情節，使本詩一開頭就充滿戲劇效果。〈木蘭詩〉以有別於中國詩歌言志、抒情的敘事方式呈現，而在中國詩壇上獨樹一幟，魅力十足。而子弟書《思玉戲鬟》的作者，既要能把握原著，突出主旨，又要不拘泥於陳框舊套，努力把那些潛臺詞、幕後戲等，通過典型的情節和人物的刻畫挖掘出來，使故事情節更加曲折動人，使人物形象更加豐滿，達到推陳出新的目的。從正文結尾末四句：「正所謂：候芳魂侍妾五兒承錯愛／到後來，還宿債俏娘迎女返真元／恰遇著景物和融春氣象／驅斑管感嘆閒情解晝眠」，不僅透露了作家的個人感觸，而且表達了他的創作旨趣。《思玉戲鬟》不僅在人物形象方面極具特色，而且語言的生動活潑，剪裁的繁簡得當，結構的完整緊湊，也是說唱藝術這種敘事詩的藝術特色。

閱讀與理解

閱讀與能力精進

余崇生[*]

一　前言

在一般研究指出，如果閱讀能力強，攫取知識與資訊，理解分析能力強，相對的在寫作表達、溝通能力也較佳，同時在平時應付各種事務方面也都能得心應手，順暢自如。當然這是針對中小學生在平時若能重視閱讀，在知識的汲取外，加上自己的理解融會後作為日後踏入社會職場時應付的一種能力，然而這些基本能力的訓練必須在幼年時就開始培養，鼓勵從小便進入閱讀的祕密花園，尋覓自己的興趣，開啟創造的天資。在這裡從國語文學習領域中，我們提出了一些閱讀與語文增能的方法步驟作為學習分享。

二　閱讀教學的地位與作用

談到閱讀，尤其是在現今資訊網路發達，一些相關的文學資料或訊息都可從中搜尋獲得，雖然如此，但是其中所攫取的資料可能僅屬部分，並不周全，再而在行文的處理上也不見有何文采可言，倘若如此長久下來，不免會讓我們在文字記憶，或文章結構上的模式固定化，難能培養出語文及敘述性的表達能力，更不用說什麼開發智力，

* 臺北市立大學中國語文學系兼任副教授。

或培養高山的道德情操和健康的審美情趣了。所以在中小學課程的教學規劃中就有所謂課外閱讀這一環，國中有「增進閱讀，寫作之能力，及欣賞文學作品之興趣」，而高中也強調「閱讀優美、純正、勵志之課外讀物，增進文藝欣賞與創作之能力，開展堅毅恢宏之胸襟」等目標，可見國語文在正課之外，閱讀的培養及學習有多麼的重要！當然這些主要是針對提昇學生對於本國語文的「閱讀理解」和「語文表達」能力的培養，雖然如此，但是在輔導閱讀教學中，也不能不注意閱讀在語文訓練方面的方法和步驟。閱讀除了培養興趣、胸襟外，其中更重要的要有觀察、思維、聯想及創造等能力的綜合訓練，這樣才能達到閱讀的完善之境。至於語文能力的基本培養及其作用，可參見圖一[1]。

閱讀與語能的培養在「十二年一貫本國語文能力指標」的規劃方面來說是一個具體的策略，首先必須建立學生的寫作表達能力，其中的過程當然離不開閱讀能力的培養，結合閱讀，再配合讀寫互動的模式，自然就能順暢地推展及刺激學生的學習動力，發揮閱讀與寫作的最高效能。

至於閱讀的作用，除了前面所提到的之外，其實它應該是一種智力活動，也是人類特有的一種複雜的高級心智活動，其活動方式，一般而言是由感覺器官感知語言文字符號，之後這些符號通過神經系統反映到大腦，轉化為概念，進而成為完整的思想，然後發展為複雜的思維活動，比如產生對人與事物方面的聯想、想像、或看法、或意見、或批評等現象。所以我們常說閱讀是人的大腦的高級功能，大腦不僅有接受語言文字符號信息的功能，更有識別、校正、聯想、重

---

1 相關語文與辭章創作可參考陳滿銘教授：〈語文能力與辭章研究〉，臺灣師大《國文學報》第36期，2004年12月。

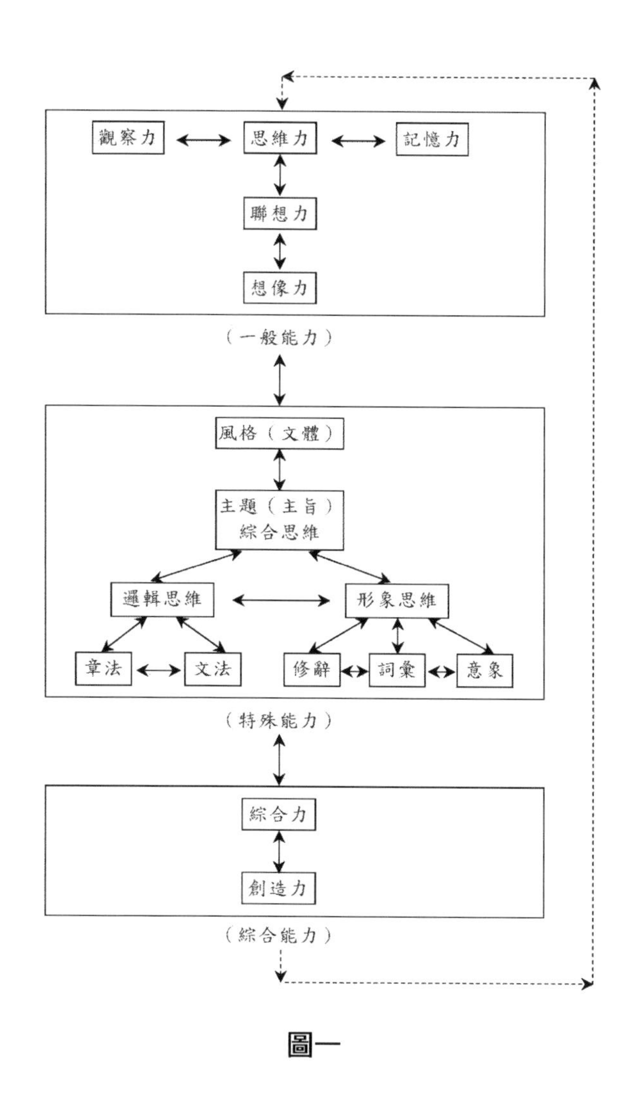

圖一

組、儲存信息等方面的功能。雖然如此，但是並不是每個人都有大腦的閱讀的功能，把閱讀發揮得很好，因此就要從小培養和訓練，而閱讀教學就是要擔負這樣的訓練和責任了！於此我們對閱讀策略及方法略舉說明如下：

1　閱讀中掌握讀書的方法

中學語文教材內容多元，必須通過一篇篇課文的閱讀教學、分析理解及章法結構，以讓學生瞭解文章內容，文章風格，甚而探索修辭技巧，明白作者的寫作美學效果等。

2　在閱讀中開發智力

知識是智力發展的基礎，洪蘭在〈活化大腦，激發創造力〉中提到：「閱讀不只打開了一扇通往古今中外的門，讓你就自己的時間、步調，在裡面遨遊，同時還可以刺激大腦神經的發展。」除此之外，他也指出，當每個人在接受外界刺激時，在大腦神經會激發一連串的大腦神經迴路的活動，而當我們在閱讀時，所謂的神經迴路活化的程度比看電影時要來的深，這是什麼原因呢？因為閱讀時，我們會主動搜索訊息，查找不清楚的詞彙等，也就是說我們在閱讀時，大腦不斷地在作深層的理解和分析。[2]

3　發揮思想品德教育的作用

在語文教材中的每一篇課文無不蘊含著作者的思想感情，學生在學習課文的同時，自然也會受到思想上的薰陶。比如周敦頤的〈愛蓮說〉：

> 水陸草木之花，可愛者甚蕃。晉陶淵明獨愛菊；自李唐來，世人盛愛牡丹；予獨愛蓮之出淤泥而不染，濯清漣而不妖，中通外直，不蔓不枝，香遠益清，亭亭靜植，可遠觀而不可

2　參閱洪蘭：〈活化大腦，激發創造力〉一文，《閱讀——新一代知識革命》，《天下雜誌》，2003年，頁72-73。

> 褻玩焉。予謂菊，花之隱逸者也；牡丹，花之富貴者也；蓮，花之君子者也。噫！菊之愛，陶之後鮮有聞；蓮之愛，同予者何人；牡丹之愛，宜乎眾矣。

在閱讀這篇文章時，可以感受到周敦頤在文中對品德思想作了由凡入神方面的詮釋，並且其中更說明了最高境界不在於仕還是隱，山林還是廟堂，而在於一顆心，甚麼心呢？就是徹悟之心，出淤泥而不被汙染的心！

4　產生審美教育的作用

語文課本身就擔負著培養學生健康、積極、美好、高尚的情操和審美素養的任務，所以課外讀物的選擇不可不慎，就如同沙中淘金般，必須選擇思想純正、辭采優美、具啟發性的作品，讓學生汲取語文敘述能力外，並藉由閱讀過程中修養品德、陶冶性情，培養對文學上的審美意境。

5　從閱讀中吸取知識及蓄積競爭力

閱讀是把鑰匙，打開人類知識的門戶，比如說我們閱讀希臘神話，就瞭解希臘神話歷史文化的內容特色；若讀我國的《史記》，就明白兩千年前的社會結構及思想文化制度的來龍去脈，也通曉了司馬遷為什麼說欲以究天人之際，通古今之變，成一家之言的原因了。洪蘭曾提及「二十一世紀的競爭不再是槍炮子彈的競爭，而是無聲的腦力競爭，創造力是這個世紀的生存條件」[3]

3　參看洪蘭：〈當醫學系輕忽國文〉一文，聯合報〈名人堂〉，2014年11月12日。

二　語文閱讀能力的培養

在世界競爭力不斷提昇，互相擠壓的情形下，閱讀，尤其是兒童閱讀正成了當今各國努力推展的一項活動。把閱（聽）的年齡降至新生兒，希望藉由閱讀習慣的養成，培養未來能夠主動學習，達臻終身閱讀能力，在北歐的丹麥、挪威或日本，隨時都可看到成群的小朋友，在老師的輔導下，到各地去參訪，親身體驗，已成為在學校課堂教學之外的重要觀察學習的一項功課。閱讀在二十一世紀的今天，它已成了新一代的知識革命。然而在國語學習領域中，閱讀的方式也有所變化，比如親師合作，學校把相關的概念、方法傳達給家長，讓家長知道如何在閱讀的部分協助孩子，達到親子共讀，閱讀習慣的養成等。

另外，教育部目前有所謂的「閱讀教學策略」，也發行了「閱讀理解策略教學手冊」，其中內容針對所謂預測、連結、摘要等主題，並談到了一些閱讀理解的培養及教學步驟，提供在教學上的方便。除了閱讀興趣的培養外，當然其中還要訓練認字的能力，也就是辨認文字符號的能力，能正確、流利地將語句、語段清楚地讀出來，當然這要具備足夠的識字量，一般而言，在中學階段應掌握三千五百到四千個漢字的基本程度。然而對於閱讀能力的培養，其實是要靠平時不斷的積累、深耕精進。現將閱讀應注意的幾個步驟列舉如下：

（一）理解文字能力
（二）理解閱讀能力
（三）辨別文體能力
（四）把握文本內容能力
（五）理清文本脈絡能力
（六）分層次，多角度的觀察能力等

三　從閱讀中體驗與感悟

從閱讀中指引學生如何閱讀，讓學習者有一個可循的途徑，逐步漸進，達到學習的最高成果效益，對於體驗與感悟，簡要歸納列舉如下：

1　實現教育，以人為本之需要

在閱讀教學中，我們可以引導學生從理解文本的內涵特色，陶冶作者豐贍的人生閱歷及人格精神，於是從中涵泳沉潛，進而體驗、感悟，藉之昇華個人的情性與心境。

2　發揮工具性與人文性的統一

這點可說是語文課程的基本特徵，對於語文工具的掌握，其實這些都是需要平時在實踐中體驗和感悟的，這樣才能達臻熟能生巧，深刻理悟的地步！

我們知道人文精神的演成是要靠平日的薰習、潛移和感悟，日積月累，自然就能滌除塵垢，而開展出清明朗澈之境！

3　引領學生深刻體驗與明澈感悟

在這裡所提到的體驗，主要是指理解和發現，當自己閱讀一本書或一篇文章時，在心中引起的感想或共鳴！比如閱讀朱自清的〈荷塘月色〉，之後，在對文章內容的理解、情境的感受，或意識層面的領悟之外，自己平時對荷花的意象美感思考又如何？其中給讀者營造的是「瓊樓玉宇」的仙境，展現的是灑遍人間的美好月色？再到「人有悲歡離合，月有陰晴圓缺，此事古難全」時，讓讀者體驗到的是自然規律，也可說是人類社會的一種常理，而人們只能以理遣情，積極對待，尊重現實了。以上所提的可說是屬於體驗與感悟方面的一種實例，讀者或可參考！

四　閱讀的層次與角度

閱讀的過程，一般來說，由淺入深，不斷精進。在閱讀的每一步，其實都表明了閱讀的一種知識與思維能力的提昇。在這過程我們試舉許地山的〈面具〉一文作為層次與角度方面的說明：

> 人面原不如那紙製的面具喲！你看那紅的、黑的、白的、青的、喜笑的、悲哀的、目眥怒得欲裂的面容，無論你怎樣褒獎，怎樣嫌棄，他們一點也不改變。紅的還是紅、白的還是白，目眥欲裂的還是目眥欲裂。
>
> 人面呢？顏色比那紙製的小玩意兒好而且活動，帶著生氣。可是你褒獎他的時候，他雖是很高興，臉上卻裝出很不願意的樣子，你指摘他的時候，他雖是懊惱，臉上偏要顯出勇於納言的顏色。
>
> 人面到底是靠不住呀！我們要學面具，但不要戴他，因為面具後頭應該讓他空著才好。（選自許地山《空山靈雨》一書）

分析

第一層次

〈面具〉是許地山的作品，這篇的思想主要基於他對社會人生的醜惡和黑暗的憤嫉，文中褒揚〈面具〉始終如一，貶斥「人面」的變化無定，虛偽表現。

第二層次

除此之外，在〈面具〉中還揭露了兩種態度：當褒他時，心裡高興，但臉上卻裝出不願意的樣子，以示自己的謙虛；倘若指謫他時，心裡不高興，臉上偏要顯出勇於納言的顏色，自己的虛懷若谷。

第三層次

〈面具〉提出要面具的始終如一，也指斥人面的靠不住，表示了作者對於人面的變幻的憎惡。

角度的說明

〈面具〉的寫作特點，層層切入，表達了文章的內容，沒有說教，文字自然樸實，文章到最後，提出「面具後頭應該讓他空著才好」作結，意味深長。

作者巧妙地抓住面具和人面的特點，表達出了作者的看法與態度，文章不長，獨後卻十分耐人尋味。

五　結語

「閱讀」是所有學習的基礎，如果閱讀能力低下，那麼如何瞭解自己所要學的事物呢？然而談到這點，不免叫人想到國際教育成就委員會（International Association for the Evaluation of Education Achievement）所主持的促進國際閱讀素養研究（Progress in international Reading Literacy Study）在二〇〇六年的報告說，在四十五個國家和地區中，排名第一的有俄國、香港、加拿大、新加坡等，由此可見世界各國對兒童閱讀大力地推動和投入，均有長程的策略和規劃，然而臺灣也不例外，在各級學校在配合課程教學之下，也規劃課外閱讀的輔導，培養閱讀習慣，但是最近據悉國文課程上課時數有所變化，造成本國語文的學習上諸多憂慮，當然也影響了語文能力增進上的極大隱憂。以上所列論點，僅提出對語文在閱讀與能力增進方面的一些意見和步驟，供大家參酌思考。

行深語文學習能力

余崇生*

一　前言

在還沒有談論這一主題之前，首先我們必須瞭解，國語文這一課程的內涵及其所涉及的範圍，大約含括了國小、國中、高中、或大專院校一般所謂的通識課程，其內容及相關範圍在程度上都深淺不一，經考察發現近年來學生雖接受多元自由學習模式，但大部分學生在語文能力的應用及表達方面似較以前來的參差低落，然為了要彌補以上缺失，於是在這裡擬想提出一些粗淺的學習步驟與看法。

二　學習與研究途徑

（一）確立方面

在出版十分快捷的今天，我們每天在書坊中所見到的書物，可說琳瑯滿目，若不細心嚴選類分的話，常會浪擲不少個人寶貴的時間，所以在做閱讀計畫決定之前，必須建立基本必讀專書之選定及策略，比如擬想針對中國古文的學習或閱讀的話，則可選定《古文觀止》作為學習的入門書，如果擬想學古詩則可選擇《唐詩三百首》或《千家

* 臺北市立大學中國語文學系兼任副教授。

詩》，按照秩序熟讀下來，在每讀一首詩最好要理解詩意，以致瞭然而後止，這樣若能將全書三百首細誦一遍，相信其中不少詩人名詩定能深留心中。然而除了古文、唐詩外，倘若再要更進一步的對中國文學做深入的探討或研究，那麼就可選擇《宋詞三百首》或《名家曲選》等，循序漸進，逐步地閱讀，探索理解，比較分析，這樣一來，相信對古文或詩、詞、曲一定會有深刻的瞭解認識。當培養了良好興趣基礎之後，若想再深入研究的話，那麼或可擇選某一家之作品作為專題閱讀或研究，如此一來，在學習的層次上，這不僅對文學全盤的理解方面建立了概念，同時在國語文的認識方面相對的也增進不少豐富知識，再而在研究學習方法上也建立了系統及寬廣的旁通效果。

語文的學習面向是寬廣且多元的，至於有關國語文知識的汲取及能力的增進也不是一天就可建立起來的，它必須靠長時間持之以恆的學習，其次再加上正確的學習方法，功夫下得越深，所收的成果就越豐碩。

（二）認識篇章要義

舉凡任何學科，在學習之先，都必須定好研究步驟與方法，尤其對中國文學（包括語文學）的學習來說，更應如此。我們知道方法的確立，也就是等於在打開一條通往探尋知識寶殿途徑，先有自己擬走的方向，再藉諸其他學者學習方法之指引，漸由總覽通觀到篤守一家上去著眼和著手，按部就班持續努力，最後必達學問深邃之境。

在明瞭學習的方法後，於是對一篇文章，或一部專著均可以此方法作為進入學習的途徑。比如在閱讀文章時，便可依序逐句循誦，認識篇章結構，摘出不瞭解的難句，檢索辭書，或翻找注釋，或參考書等等，逐一詳查清楚而後止。舉例來說，好像當我們讀到蘇東坡的名作〈前赤壁賦〉時，其中「壬戌之秋，七月既望」，「月出於東山之上，徘徊於斗牛之間」等輕盈的句子，這時作者已把遊赤壁的年、季、月、日、時，都已交代清楚了。雖然如此，但是其中的「壬戌」是指那一年？「既望」又是那一天？而「月出」在哪時候？甚至「斗」「牛」到底所指者何？文章中的這些都必須弄清楚，如此方能徹底瞭解作者在寫作此文章的時間與地點。又如當我們在閱讀曹丕的〈典論論文〉時，首先必須明白曹丕在文中的主要觀點何在？文學價值的論斷在哪？以及「審已以度人」的處事態度又是什麼？這些在閱讀此篇論文時，在心中就必須掌握住，這樣才能明白後代文學的發展，作品風格的形成，文體論的剖析，文學批評的客觀要求等，其實這對以後的文學批評都有極深遠的影響。再而又如我們讀到大詩人屈原的作品〈哀郢〉時，則我們必須要問，屈原見疏被放時，遠遊漢水之北，憂愁幽思，而寫作了〈離騷〉及〈天問〉，甚至在浣湘時又寫作了〈九歌〉及〈漁父〉等，表達了無限悲痛，而這篇〈哀郢〉是屬於〈九章〉中的一篇，敘述了作者遠放所經之路程，沿途顧望，及眷懷故土的心中感慨！這樣去認識作者寫作背景及篇章要義之後，進而再通篇理解文脈，明白文中所寄託的微言大義，那就更能體會到詩人心中幽思抑鬱之情了。

（三）辨明章句與訓詁

在談到國語文的學習與認識過程中，其實實事求是，精益求精是兩項不可輕忽的功夫，我們知道中國的古籍都不使用標點符號，所以古人把「斷句」列為初學的功課之一，所謂「離經辨志」，在這裡「離經」的意思，就是指分章斷句。篇旨章節都能辨明，那麼對整篇的大意應該就可以掌握了。

所以當我們初讀一篇古文，或是一本古書，首先要注意的先行稽考前人，或今人所做的解釋與訓詁，從中尋索推求最適當的箋註解釋，以免錯解了作者的本意！比如在《大學》中的「親民」一詞，孔穎達釋作「親愛於民」，程顥則作「親，當作新」，又同樣的在《大學》中的「致知」一詞，朱熹解釋為「推極吾之知識，欲其所知無不盡也」，而王陽明則詮釋為「致知者，非若後儒所謂充廣知識之謂也，致吾心之良知焉耳」等等，兩者間對同一詞語就有極大不同的詮釋意義。再而又如《中庸》中的「素隱行怪」一句的「素隱」一詞，我們發現朱熹在注中說：「素，按漢書當作索，蓋字之誤也；言深求隱僻之理」，而倪思的訓解謂：「素，平素，言以隱為常，而不知變通者也」，兩者間在見解上就有很大的不同。就前面所舉諸例，我們便可以瞭解在閱讀古文時，不論是長篇或短作都須精細稽考，否則就會誤解原文的意思了。

（四）探索思想

閱讀一篇文章除了前面所說的，要瞭解章句及辨明各章要義之外，進一步要注意的是明白作者在該文之中所要表達的主旨為何？文章結構、哲理思想又何在？若能層層切入探索作者的寫作動機及文思的話，那麼對該篇文章之理解就更透澈深入，也就不會受到某些偏差的看法所誤導了。

比如我們在讀《左傳》時會發現其文字十分簡略，在表達一件事情時，往往是寥寥數語，卻十分深刻，然從這簡短的文字中要去深探其背景思想原意則極為不容易，於是就必須要靠其他文獻的補助或全篇文章的組織脈絡中去思尋原意，再從各方面的思想斷片貫串去推考作者的構思，這樣或許就可以掌握到某種程度有關作者的思想發展線索。在這裡或許我們可以舉《左傳》中的例子來看，襄公二十四年有一段文字戴叔孫豹說：「太上有立德，其次是立功，其次有立言，雖久不廢，此之謂三不朽。」文字不長，十分簡短，內涵深邃。又在昭公十八年，子產也說了一段話：「天道遠，人道邇」，行文只有六個字，更為簡要，然表達中國古代人本思想則已呈現無遺，如再加以推思深察的話，那麼這一思想體系則應是受孔子之　示而發展下來的，所以在昭公二十年的地方才會有孔子所稱許他為「古之遺愛」的話。由此我們可以瞭解在閱讀或研探不論是長或是短的文章時必須細心思索作者思想的基本脈絡，這樣才能掌握其前後文思之貫連與發展，否則就只有停留在文字表面的理解了。

（五）欣賞文學

在理解一篇文章，或探索作者思想脈絡的發展時，除釐清瞭解文章內涵外，更重要的也從閱讀的分析中增進了個人的文學知識與判斷力，同樣的從初習到逐步判解的過程中，則必須要靠讀者個人的思考與智慧了！它不是走馬看花，而是深思研探，含英咀華，這樣才能感受到作者在文學技巧上精彩高妙的地方！

比如《左傳》僖公三十年、三十二年、三十三年等在寫秦晉殽之戰時的環境、衝突、人物內心矛盾方面可謂靈動深刻。其次又如在僖公十五年秦晉的韓原之戰，僖公二十八年晉楚的城濮之戰，宣公十二年邲之戰以及定公四、五年吳楚的柏舉之戰等，不論在人物刻劃、人事處理、文字、語言的運用、戰爭的性質、具體過程和組織發展都十分的精密，也就是說在閱讀欣賞中給人的感受是生動的，虎虎有生氣。倘若能以這樣的心情去閱讀和理解文章的話，自然也就印象深刻，對語文的興趣也就產生了，相對的語文知識也就增進了！

三　勤勉翻查參考工具書

語文的範圍相當博廣，如果平時不學習精進，那是無法進入其堂奧的，然在自己學習的過程中，工具書是不可或缺的。如《字典》《辭典》或《成語典》之類屬於一般必備的用書。其實在一般情形來說，參考工具書的準備，從小方面而言，當在閱讀一本書時，主要在輔助我們做徹底的瞭解，從大方面而言，當我們在做某一專門研究，要從古今人許多經驗中得到一種新的發現，或是一種系統的認識時，工具書的參考與翻檢可說是最為重要的，因為它能開引我們對某些看法的正確思考與判斷，但一般學習者都忽略了，其實這些都是對語文學習和能力的提昇方面是有直接的關係的！

語文能力的提昇，當然還要靠平時的關心和長期的累積與沉澱。比如平時在讀歷史時，若對歷史相關方面有疑惑，則可參考翦伯贊等編的《中外歷史年表》，其中計有中國歷史的記事，又記載了同一年內別國的重要事情，再而如果要研究某一時代的歷史的話，或可查《春秋大事表》等，至於其他如佛教名詞不明白的話，或可查《佛教大辭典》，若對典故不清，或不知出處時，則可查《佩文韻府》，對詩詞詞彙不理解，可翻查張相的《詩詞曲語詞彙釋》等。在平時讀書若發現疑惑或不清，倘能勤於翻檢辭書參對或隨手札錄，這樣日積月累，學識自然增廣，而語文知識也就日漸豐富了。

四　古人治學經驗舉例

前面我們談了一些有關如何增進自己的語文能力及學習的步驟，然而在這裡則擬想舉列古人治學的心得看法，以資參考。首先如宋代理學家朱熹，他就曾經說過：

1. 為學之道，莫先於窮理，窮理之要，必在於讀書，讀書之法，莫貴於循序而至精，而至精之本，則又在於居敬而持志，此不易之理也。(「上皇帝疏」)

2. 或曰讀書之法，其用力也奈何？曰：循序而漸進，熟讀精思可也。曰：然則請問循序漸進之說？曰：以二書言之：則先論而後孟，通一書而後及一書，以一書言之：則其篇章文句首尾次第，亦各有序而不可亂也。量力所至，約有課程而謹守之。字求其訓，句索其旨，未得乎前，則不敢求其後，未通乎此，則不敢志乎彼，如是循序而漸進焉，則意定理明，而無疏易凌躐之患矣。(「讀書之要」)

又、張之洞在《輶軒語》中也提到讀書之法，他提出了八點：

1. 讀書宜有門徑，氾濫無歸，終身無得；得門而入，事半功倍。
2. 讀書宜博。
3. 讀書勿諉記性不好。
4. 讀書不必畏難。
5. 讀書勿諉無書無暇。
6. 讀書宜求善本。
7. 買書勿吝。
8. 出門求師。

以上八點，清楚的指出了如何閱讀方法與步驟，並說明了平時不僅要勤奮，更重要的是不要因畏懼而退縮。

又，陸九淵對讀書治學方面也提出了一些看法，他說：

1. 讀書之法，需是平平淡淡去看，仔細玩味，不可草草，所謂優而柔之，厭而飫之，自然有渙然冰釋，怡然理順底道理。(「語錄」)
2. 如切如磋者，道學也；如琢如磨者，自修也，骨象脆，切磋之工精細；玉石堅，琢磨之工麄大，學問貴細密，自修貴勇猛。（「語錄」）

以上所列為古代大學問家之治學心得（部分），然而至於今人也有不少治學指導方法或編選必讀之入門書目，如胡適就著有「讀書」一文，其中就提到了第一要精，第二要博。再而還提及「讀者三到：眼到、口到、心到」等看法。同樣的，文學大師梁啟超也著有〈國學入門書要目及其讀法〉等，這些都是前人治學的寶貴經驗，讀書、知識的增廣，國文能力的奠定與增強，這不是一蹴可及的，應靠平時逐步漸進，由淺入深，從學習過程中累積，進而融會貫通，這樣個人的語文學識基礎才能建立起來，有了堅實的根本基礎，那麼對我國古書典籍的閱讀和理解也就易如反掌了。

五　結語

不論任何學習都需要有方法，有方法就會收到事半功倍的效果。但有時候方法的合適與否則是要取決於個人的條件習慣的，然其中根本的步驟和次序應該是大同小異，或可說是一致的。就語文學習這一項來看，因其含括面十分博廣，類別亦夥，如果沒有方法與步驟，則甚難理出頭緒而有所穫，故前面所析論者乃在提出如何建立讀書方向、策略、方法及前人經驗之借鑑做自我提昇學習語文的墊石，由此而拓開新徑，努力不懈，這樣相信走入文學的殿堂是可期的，而國語文的世界也必呈新采。

閱讀理解與義旨探索

——以朱自清〈背影〉爲例

劉崇義*

閱讀範文，首要工作應瞭解文章的義旨。而文章的義旨，如果能運用意象的深層結構來探求，或有別開生面的呈現。茲以朱自清的〈背影〉為例作說明。

所謂「意象」，「是作者的意識與外界的物象相交會，經過觀察、審思與美的釀造，成為有意境的景象。」[1]也即「是指主觀情意（意）與客觀物象（象）的有機統一體而言。」[2]以格式塔理論來說，當作者的情感與外在景物合一，就會產生主觀的「心理力」與客觀的「物理力」同構相契合。[3]而主觀的是主體，客觀的是客體，主客體相連，自然與心靈結合統一，即產生美感，意象就此形成。

〈背影〉的末段寫到其父的來信說道：

* 臺北市建國中學退休老師。

1 黃永武：《中國詩學·設計篇》（臺北市：巨流圖書公司，1999年6月十三刷），頁3。

2 陳滿銘：〈離別主題中的「一意多象」——以春景與秋景切入探討〉，《國文天地》第28卷第6期，頁81。

3 參考陳滿銘的說法：〈試論辭章法學的「完形」意涵〉，《國文天地》第28卷第10期，頁69。

> 我身體平安，惟脖子疼的厲害，舉箸提筆，諸多不便，大約大去之期不遠矣！

作者看到此處的反應是：

> 在晶瑩的淚光中，又看見那肥胖的青布棉袍、黑布馬褂的背影。

由於知道父親「大約大去之期不遠矣」，作者除了流淚，表達感傷外，還想起父親的「背影」。「背影」即是意象，由作者的內心情感（主體）透過，過去曾看過父親的背影（客體），表達出來。這就是主體客體契合一起，內心的「心理力」與外在的「物理力」產生異質同構。而讀者想要瞭解作者的內心情感義旨，就必須從背影的意象來探求。

當意象形成時，「用理性眼光來看是不可思議」，[4]這是審美意象的張力。如果把意象作為符號，「而在藝術符號——意象符中，其表示成分（能指）是指事物的表象，被表示成分（所指）是指這一符號的表示情感與意義。[5]

「背影」出現四次，分別在第一、五、七段。在第五段有二次，其中最重要的其父幫作者買橘子的情形：

> 父親是一個胖子，走過去自然要費事些……我看見他戴著黑布小帽，穿著黑布大馬褂，深青布棉袍，蹣跚地走到鐵道邊慢慢探身下去，尚不大難。可是他穿過鐵道，要爬上那邊月

---

4 柯漢琳：〈論審美意象及其思想特徵〉，《籬策論稿》（北京市：中國社會科學出版社，2007年12月），頁123。

5 吳曉：《意象符號與情感空間——詩學新解》（北京市：中國社會科學出版社，1993年4月），頁24。

> 臺，就不容易了。他用兩手攀著上面，兩腳再向上縮，他肥胖的身子向左微傾，顯出努力的樣子。這時我見他的背影……」

作者描繪的情節是「意象」的能指說：「父親是一個胖子」，是補敘父親的身體狀況，也是推動意象形成的重要關鍵，因為後文的描寫皆因為「胖子」所導致的現象，下月臺「慢慢探身下去」，上月臺「用兩手攀著上面，兩腳再向上縮」、「身子向左微傾」。最重要的是，「顯出努力的樣子」將「胖子」不可能做的而能做，因為不可思議的動作而產生「背影」意象的張力，誠如黃錦鋐教授特別指出：

> 如果整合統貫全文的意旨來看，我們就可以理解作者描寫他父親爬月臺買橘子的背影，是代表父親一生為家庭、為兒女辛勞的寫照。上文作者說祖母死了，家道中落，上一代的責任要他父親來負擔。兒子又要北京讀書，教育下一代的責任也要他父親來負責。上下兩代的責任，都壓在他父親一人的肩膀，使他父親一生都像是很辛苦的在爬月臺。[6]

這就是「背影」意象的所指，象徵父愛但並不是〈背影〉全文的義旨，因為〈背影〉尚有另一個「淚水」意象。

格式塔心理有一個理論基石，魯樞元先生闡釋：

> 格式塔心理賴以立足的最重要的一塊理論基石，即：整體大於局部相加之和，在一個整體之內，各部分關係是「非加法

6 黃錦鋐：〈國語文教學的新方向〉，《國文教學資料彙編》（臺北市：臺北市政府教育局，1997年），頁6、7。

> 性」的，局部相加將產生一種「新質」，整體的屬性並不決定於其個別的元素，相反，個別元素的屬性卻受整個的制約，尤其在整體中的地位與功能決定著。[7]

所以當「意象組合進行深層組合……意象的深層結構才是『內在生命的真正顯現』。[8]」，而「內在生命的真正顯現，就是所謂的「新質」，即是作品的「深層結構」。

這個「新質」、「深層結構」如何產生呢：袁行霈先生如此描述：

> 意象之間似乎沒有關連，其實在深層上卻相互勾連著，只是那起連接作用的紐帶隱蔽著，並不顯露出來，這就是前人所謂鋒斷雪連、辭斷意屬，也就是，從象的方面看去好像是孤立的，從意的方面尋找卻有一條紐帶。這一種內在的深層的聯繫。意象之間似離實合，似斷實續，給讀者留下許多想象的餘地私進行再創造的可能，因此讀起來便有一種涵詠不盡的餘味。[9]

這種意象間的「紐帶隱蔽」關係，才能產生「深層結構」。

至於「深層結構」的內涵，可以呈現出「歷史內容層和哲學意味層以及個人生活情感層」[10]

因此探求〈背影〉的義旨，要把「背影」及「淚水」兩個意象組

---

7 魯樞元：《文學與心理學》（北京市：學林出版社，2011年1月），頁81。

8 吳曉：《意象符號與情感空間──詩學新解》，頁155。

9 袁行霈：〈中國古典詩歌的意象〉，《中國詩歌藝術研究》（北京市：北京大學出版社，1987年6月），頁69。

10 童慶炳：《文學活動的美學闡釋》（西安市：陝西人民出版社，1989年3月），頁199，後一項是筆者所加。

合才行。而「淚水」在文章中也是出現四次：

一、是在第二段：到徐州見著父親，看見滿院狼藉的東西，又想起祖母，不禁簌簌流下眼淚。

二、是在第六段，父親買橘子的情節後：這時我看見他的背影，我的淚很快流下來了。

三、是也在第六段：等他的背影混入來來往往的人裡，再找不著了，我便進來坐下，我的眼淚又來了。

四、是末段，作者讀父信後流淚（前文有引，省略）。

而第四次的流淚是作者讀父親的信，信中說到：「大約大去之期不遠矣」才流下來，是啟動全文的關鍵，作者為何流淚？是感傷，身為人子，未能行孝，所以在回憶十年前所見父親的背影時，禁不住流下淚，換言之，當年作者見到父親的背影是沒有感覺的。第一次到徐州老家，看到父親禍不單行，祖母過世，父親的差使交卸，此時流淚，表達未能分擔父親的家計。第二次看見父親親自為自己跳下爬上月臺買橘子的背影，流下眼淚表達不懂得體諒父親的辛勞。第三次看見父親離開車站消失在人群中，流淚是表達父親周到照顧自己，而自己一點卻無法關心到父親。

作者四次的「淚水」皆圍繞「未能回到過去關心父親」，所以「淚水」意象的所指，可說是未能行孝。

「背影」的意象是父愛，而「淚水」的意象是未能行孝。這兩者意象的組合，所產生的「新質」，應該是勸人及時行孝，即是本文意象的深層結構，與現行教材的說法，差異不少。

課本與教師用書

——私議兩岸高中國文、語文課程綱要及標準

劉崇義*

一　前言

近年來，海峽兩岸教育文化交流頻繁，學校互訪、教學觀摩、論文發表等等，皆能促進彼此教學的成長，然而在兩岸課程標準、綱要方面作的探討卻少見，筆者不揣淺陋，就一位高中教師，談談兩岸關於這方面的理解與個人的愚見，希望能有「他山之石」的效果，是為所盼。

臺灣現行的高中國文綱（以下簡稱「課綱」）就是所謂「九九課綱」，大陸的高中語文課程標準（以下簡稱「標準」）最近二〇一三年五月公布，之前是二〇〇三年公布，此次修訂非常少。兩岸要比較異同（見表一），筆者在題目上做一說明，一是課本，一是教師用書，這是大體上的分野，呈現的是簡略、繁多的印象，不過實質上可以探討尚有許多面相。

受篇幅限，只談及大陸標準的特色，供我們作借鏡。

* 臺北市建國中學退休老師。

二　大陸的課程標準的特色

（一）在課程性質及課程目標方面

第一，語文具有工具性兼人文性。

工具性只著眼在培養學生對語文運用的能力；而文化性是放在對人的存在和發展的關懷，具有思想、情感薰陶感染的特性，換言之，具有育人的功能。

因此語文課程的基本特點是「工具性與人文性的統一」，這是大陸標準的一個核心概念。

有了核心概念，才訂出目標「高中語文課程應進一步提學生的語文素養，使學生具有較強的語文應用能力和一定的語文審美能力、探究能力，形成良好的思想道德素質和科學文化素質，為終身學習和有個性的發展奠定基礎」充分發揮語文課程工具性、人文性的功能。

反觀臺灣的綱要，課程目標「以增進本國語文聽、說、讀、寫之能力」、「以開拓生活視野，關懷生命意義，培養優美情操，提昇表達能力」，前項是工具性，後項是工具性與人文性結合，雖然沒有說出國文課程的功能，但也具有隱含的作用。

第二，對學生的定位與期待，

標準對高中學生已經有了定位：「高中學生正在走向成年，思維漸趨成熟，已具有一定的閱讀表達能力和知識積累。」這是基礎的定位。

另外從基礎的定位發展成高中生的具有「個性」、「自立」、「自主」的期待。

依據期待，於是製訂規劃，構建「開放、有序」的語文課程。課程安排有必修和選修課程的模塊組織學習內容，每個模塊二學分。

半個學期（約36學時）完成一個課程模塊。這樣的設計有利學校靈活安排課程，也有利於滿足學生不同的興趣和多樣的學習需求。」其目的「必須顧及學生在原有基礎、自我發展方向和學習需求等方面的差異，激發學生的潛在能力，增強課程的選擇性，為每一個學生創設更好的學習條件和更廣闊的發展空間，促成學生特長和個性的發展」（模塊教學的特點，在後文詳說）。

反觀我們的課綱：「以理解文明社會之基本價值，尊重多元精神，啟發文化反思能力」，其中「多元精神」又隱含對學生的期待與發展。

第三，對教材規範原則。

有了學生的定位與期待，教材才有方向，於是規範教材的原則，必須是「開放、多樣、有序的語文課程體系」。

這樣原則的規範，將提供在「三　教科書編寫建議」中，發揮指導性的作用。例如，選材要注意學生的「身心發展」，「要給學生留出選擇和拓展的餘地，以滿足不同學生學習和發展的需要」等等。

而臺灣的課綱在「參　課程目標」中，沒有提及對教材規範原則，但在「課程配置」中，有對範文編選原則作出說明（而這個部分，容後文再作比較），只是沒有針對教材規範放入「課程目標」內。

第四，對教師的期許。

由於語文的教學目標，要發展學生的特長及個性，如何能達成目標，就必須藉助教師完成，因此對教師期許：「發展教師的教學個性和業務特長」。

「教師是學生活動的組織者和引導者」（在第三部分，實施建議，教學建議中說到），因此教師必須預先規劃教學的過程，以及安排如何在「對話」中，完成教學，達成教學的目標，這些皆依賴教師的專業不可。

在規劃教學的過程，在後面「教學建議」中說到：「從本課程的目標和學生的具體情況出發，靈活運用多種教學策略，有針對性地組織和引導學生在實踐中學會學習。」

在「對話」中完成教學，在後面「教學建議」中也說明：「閱讀教學是學生、教師、教材編者、文本（作者）之間的多重對話，是思維碰撞和心靈交流的動態過程。」

因此，教師的角色是教學成敗的關鍵，標準期許「教師應適應課程改革的需要，繼續學習，不斷地提高自身的素養。」（接下一句是「要認真讀書，精心鑽研教科書」是二○○三課程標準有的，現已刪掉）

而臺灣的課綱，在「課程目標」沒有提及教師，也沒就對教師有何期許。

（二）在「教學」方面

大陸的標準的閱讀與鑒賞，是臺灣的範文教學；表達與交流，是臺灣的寫作教學。

大陸的標準在教學上，明確點出三項：

第一，培養學生閱讀的能力。

學生在教學對話前，先行閱讀，對文本具有一定程度的瞭解，標準指出一些方法與規範：「從整體上把握文本內容，理清思路，概括要點，理解文本所表達的思想、觀點和感想。根據語境揣摩語句含義，體會語言表達效果。對閱讀材料能作出自己的分析判斷，努力從不同的角度和層面進行闡發、評價和質疑。」

臺灣的課綱，並沒有看到，要求學生課前的預習閱讀。

第二，教師在教學中發揮點撥的功能。

前面提到：「閱讀教學是學生、教師、教材編者、文本（作者）之間的多對話，是思維碰撞和心靈交流的動態過程」，在「對話過程」，教師必須發揮點撥，引導學生。

教師「不要以自己的分析講解來代替學生的獨立閱讀」，學生上課前已自行閱讀，具有一定程度的體會，此時，教師要注重「個性化的閱讀」，設法調動「鼓勵學生用自己的情感、經驗、眼光、角度去體驗作品，對作品作出有個性的反應，對作品中自己特別喜愛的部分作出反應，作出富有想像力的反應；在閱讀鑒賞過程中，培養學生創造性思維能力。對文學作品的解讀，不宜強求同一的標準答案。」

這整個教學活動，也就突顯符合前面所提及培養學生有個性、自立、自主的期待。沒有教師的點撥是無法達成的。

臺灣的課綱，「教學重點」中，提及「引導討論文章中之情思表現，以提昇學生之品德、美感及生命關懷等人格內涵。」其中「引導討論」，含有教師的「對話」、點撥等等，只比較籠統一點。

第三，培養學生鑑賞文學的能力。

大陸的標準，針對文體分為三類：理論類、實用類、文學類。各有重點的提示，其中對文學類的作品，特別著重鑒賞能力的培養，「應引導學生設身處地、身臨其境去感受，重要對作品主體形象和情感基調的整體感知和直覺把握，關注作品內涵的多義性和模糊性，鼓勵學生積極地、富有創意地建構文本意義。」（在二○○三年的課程標準有兩句話：「閱讀文學作品的過程，是發現和建構作品意義的過程。作品的文學價值，是由讀者在閱讀鑒賞過程中得以實現。」現在刪掉了）

這段提示，依據方智范先生解讀說：

另一方面，從作品文本而言，本是具有很多「不定點」和

> 「意義空白」的召喚結構，開放性、模糊性是其特徵，對文學作品意蘊的把握，就應允許有多種視角。過去我們僅習慣於運用社會歷史視角，其實還可有文化視角、心理視角、人類學視角、形式視角（如敘事視角）等。視角的轉換，往往可以發現作品的新意蘊。[1]

因此，建構文本意義，可以說是要發現作品的意蘊，也是鑒賞文學作品進一步的要求：要「努力探索作品中蘊涵的民族心理和時代精神，瞭解人類豐富的社會生活和情感世界」，能夠如此，探究作品的意蘊，才能藉此「陶冶性情，涵養心靈」。

所以鑒賞文學作品，最終要探究作品的意蘊，其方法可運用「召喚結構」（是接受美學家，伊瑟爾提出的說法），作品的意蘊是作家要表達的深層結構，即是作品的主旨。

臺灣的課綱，範文教學有「應以提示全篇主旨、內容精義為重點，要求學生熟讀深思，以培養其理解、思考與欣賞之能力。」有點明要培養「欣賞之能力」，但是運用什麼方法或理解去探究主旨、並未說明。

（三）教材編輯方面

教材是教學的依據，也是達成教學目標的工具，其重要性可想而見。

大陸的標準，對教材書編寫，除了提示要「適應高中學生身心發展」、「便於指導學生自學」、「也要給學生留出選擇和拓展的餘地」等等規範外，以組織「模塊」呈現，「必修課教材，可以是一冊

---

1 巢宗祺等主編：《普通高中語文課程標準（實驗）解讀》（武漢市：河北教育出版社，2007年7月），頁99。

對應一個課程模塊，以某一方面的閱讀內容（現代文、文言文、文學作品）為側重點，結合寫作、口語交際和綜合性學習。」

「模塊」，「有利於滿足學生不同的興和多樣的學生學習的需求」，而「模塊」如何建構？

「每個模塊（見圖表二）設置了四個專題，內容結構是：專題領起兩至三個學習板塊，學習板塊領起若干課文。[2]」

而模塊教學有何特色？依據倪文錦先生解讀說：

> 模塊是與長周期的課程相區別的一種單元教學，模塊具有小型化。靈活性的特點，可以進行不同的組合，便於不同層次教學階段的銜接，可以通過靈活有序的組合，有利於形成合理的知識結構和能力結構。[3]」

臺灣的課綱，沒有說明範文教材如何組織，更沒有單元教學等。

三　結語

從以上幾個層面，探討大陸的標準具有一些特色，總歸起來，可作為借鏡的地方有三：

第一，注重學生個別需求，從語文特性、課程目標、教學過程、教科書編寫方面可以看出來。

第二，著重教師的角色，是學生的對話者和促進者，從對話教學可以看出來。

第三，運用理論設計教學、編寫教科書，從對話教學，運用接受

2　《浙江省普通高中學科教學指導意見·語文（2014版）》（杭州市：浙江教育出版社，2014年10月），頁6。

3　巢宗琪等主編：《普通高中語文課程標準（實驗）解讀》，頁155。

美學的召喚結構及從用模塊理論編輯單元教材，可以看出來。

課綱的修訂不是容易的事，要修好更屬難事，應先多瞭解，吸取眾家之長，再結合課程專家的規劃，相信較圓滿的課綱是指日可待。

表一　海峽兩岸高中國文綱要、課程標準內容大要表

臺灣高中國文綱要	大陸高中語文課程標準
壹　課程目標	第一部分　前言
貳　時數分配	一　課程性質
參　課程配置	二　課程的基本理念
一　範文	三　課程設計思路
（一）編選原則	第二部分　課程目標
（二）選材配置	一　必修課程
二　寫作練習	二　選修課程
三　文學、文化名著閱讀	第三部分　實施建議
肆　實施要點	一　教學建議
一　課程內容	二　評價建議
二　教材編纂	三　教科書編寫建議
（一）範文	四　課程資源的利用與開發
（二）文學、文化名著閱讀	附錄一　常見文言詞
三　教師手冊	附錄二　古詩文誦讀篇目
四　教學重點	附錄三　關於課外讀物的建議
（一）範文	附錄四　關於選修課程的建議
（二）寫作練習	
（三）文學、文化名著閱讀	
（四）展演觀摩	
五　教學評量	
六　適性輔導	
七　其他事項	
附件一　文言篇章三十篇	

表二　專題、模塊說明（蘇教版高中第一冊）

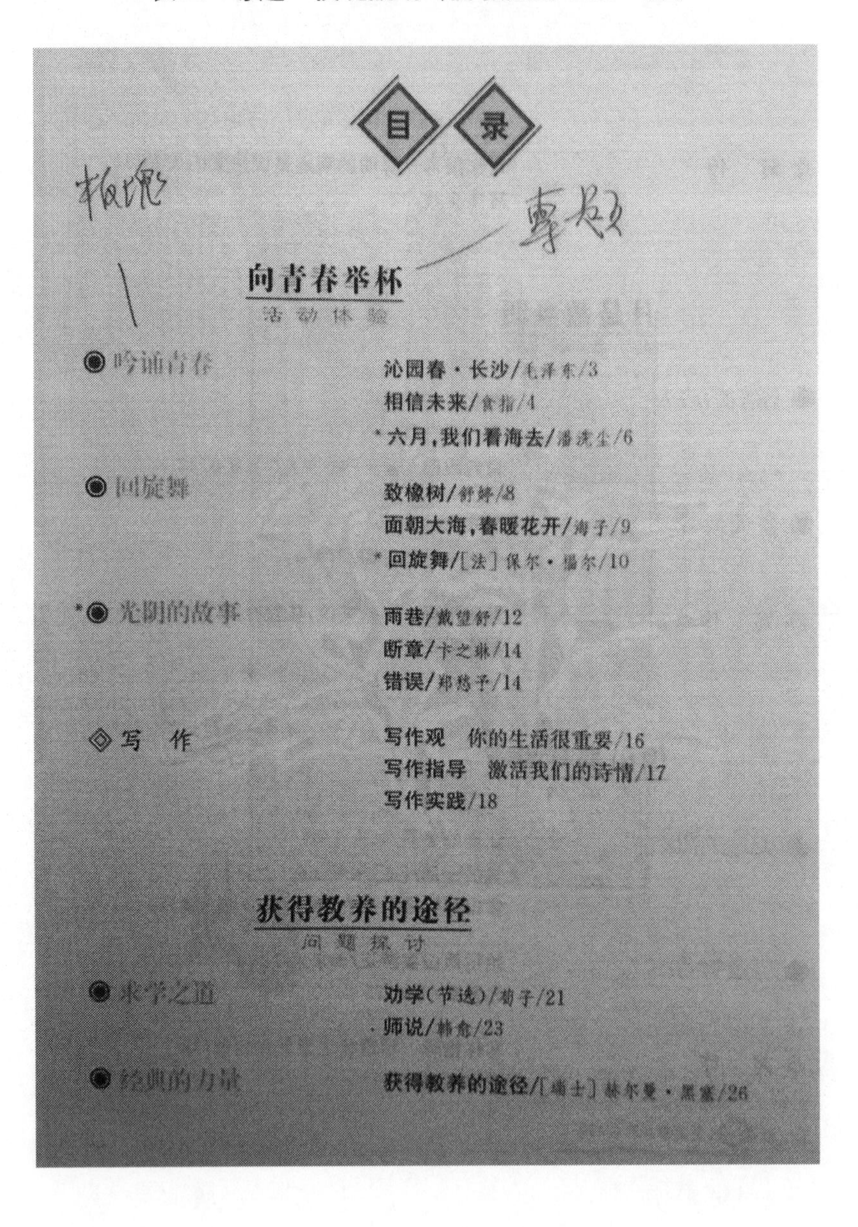

目录

向青春举杯

活动体验

获得教养的途径

问题探讨

韓愈〈師說〉篇章結構探析

顏智英*

一　前言

韓愈（768-824）是中唐著名的文人，為古文八大家之首，為了反對時下流行的駢文，遂發起古文運動，倡導質樸自然的散文；一生以弘揚儒道為己任，排斥佛、老，所撰〈師說〉一文，能以極佳的議論方式，表達他不盲從時人、不趨附世俗，而始終捍衛師道、儒道的堅持與決心。因此，一直以來，該文都被選錄在中學的國文教材中，其重要性與代表性實不容忽視。

同時，〈師說〉一文的章法結構極其嚴整，能有效突顯其主旨，並展現多樣的美感效果，教師在教授時，如能從結構的角度詳加分析，應可使同學精確地掌握作者的中心思想，並充分地領略該文的藝術美學，達致極佳的教學效果。特別值得一提的是，章法結構的分析並沒有固定的模式，只要能彰顯出作品謀篇結構的特色即可，十二年前，陳師滿銘曾以「論敘」、「凡目」等法切入分析此文[1]，以觀察〈師說〉一文在理論與實際密合、先總說後分說的演繹方式等方面的特點；而今，筆者不揣淺陋，嘗試從別種章法（補敘法、破立法、泛具法）切入，以觀察〈師說〉一文在闡發論點時，能兼顧簡潔與完

---

* 臺灣海洋大學共同教育中心教授。

1　陳滿銘：《章法學論粹》（臺北市：萬卷樓圖書公司，2002年7月），頁361-363。

整、反駁與立論、舉證與說理等謀篇方面的特點；並期盼能提供教師們在備課、分析文本時，一種更多元的文本賞析視角。以下分析時，擬先從內容結構確立文本的中心思想或情感（即主旨），以及瞭解〈師說〉選材的種類與特色，作為其後分析章法結構時的內涵基礎。

二　內容結構

情、理、景、事，為一篇作品內容構成的主要元素，因此，內容結構，便包括了屬於核心成分的情或理（主旨）與屬於外圍成分的景與事（材料）。主旨是抽象的，而材料則是具體的；作者費心選取適當的材料，其目的是為了具體地表達出難以言說的、抽象的情感或道理。以下分述〈師說〉一文在主旨與材料方面的內涵與特點：

（一）主旨

〈師說〉的主旨在強調從師問道的重要，安置在篇首二段：「古之學者必有師」、「道之所存，師之所存也」。主旨的安置，大致有篇首、篇腹、篇末、篇外等方式，而安置於篇首的好處在於，「具有直截了當的特性」[2]，開門見山，一目了然，是作品中最常見的方式；韓愈在文中所有的議論，無論是對士大夫觀念的反駁，或是師法對象的主張，都是緊扣著篇首的主旨「學必有師」、「從師問道」（受業、解惑的內涵亦是「儒道」）發展出的論點或例證，猶如綱舉而後目張、幹立而後葉繁，呈顯出演繹法的邏輯性特色。

2　陳滿銘：《章法學新裁》（臺北市：萬卷樓圖書公司，2001年1月），頁54。

（二）材料

葉嘉瑩說：「形象之範疇既可以指自然界之一切物象，亦可以指人世間之一切事象。[3]」可知，自然界之「物材」與人世間之「事材」，皆是辭章可以運用的具體形象或材料。〈師說〉一文，由於側重說理、議論，因而全取「事材」，且能配合主旨，從正面或反面、從古人至今人加以取材，以強烈映襯出作者所欲表達的論點。其事材能與論點緊密配合的具體情形如下：

1　以三組正、反事材之對照，批判時人士大夫的偏差觀念

（1）「德行」對照組：以正面的「古之聖人」尚且能「從師而問」，來對照反面的「今之眾人」卻「恥學於師」，強烈對比、揭示出造成「聖益聖，愚益愚」的真正原因，有效突顯出時人「恥學於師」的愚昧。

（2）「年齡」對照組：以士大夫只知讓自己孩子學習句讀，己身有惑卻不願從師求解的矛盾事例，指出時人士夫對於求師學習者年齡方面的偏差觀念。

（3）「地位」對照組：以正面的「巫、醫、樂師、百工之人」等社會地位較低者，尚且知「不恥相師」之理，來對照反面的「士大夫之族」卻恥於相師，擔心「位卑則足羞，官盛則近諛」。於是，強烈抨擊時人士夫之不智。

2　以聖人孔子正面之事例與言例，闡發「聖人無常師」的主張

（1）事例：孔子能師法不及己賢、但卻各有所專長之人，如郯子詳知少昊氏所屬百官之名，萇弘長於古樂，師襄善於彈琴，老聃

3　葉嘉瑩：《唐宋詞名家論集》（臺北市：桂冠圖書公司，2002年2月），頁352。

精熟典章制度與歷史掌故。

（2）言例：孔子曰：「三人行，則必有我師」。

由此可知，在聖賢孔子的觀念裏，人各有其長，都有值得學習之處，凡有專攻之人，皆可為吾師法的對象，與德行、年齡、地位無涉；韓愈在舉證之後，隨即引出「聞道有先後，術業有專攻」的小結。

3　以李蟠能從師問道之正面事例，回應並深化主旨

以時人李蟠能不盲從流俗而向韓愈請學問道，作為呼應首段主旨的事材；而李蟠亦屬士大夫之流，舉其為正例並以嘉勉其行作結，更能刺激其他士大夫，以達深化本文強調「從師問道之要」的作用。

三　章法結構

〈師說〉一文，在章法結構上極為嚴整，能有效突顯主旨，並展現多樣的美感效果，茲以三層為原則，分析其結構特色與美感特徵如下。（見表一）

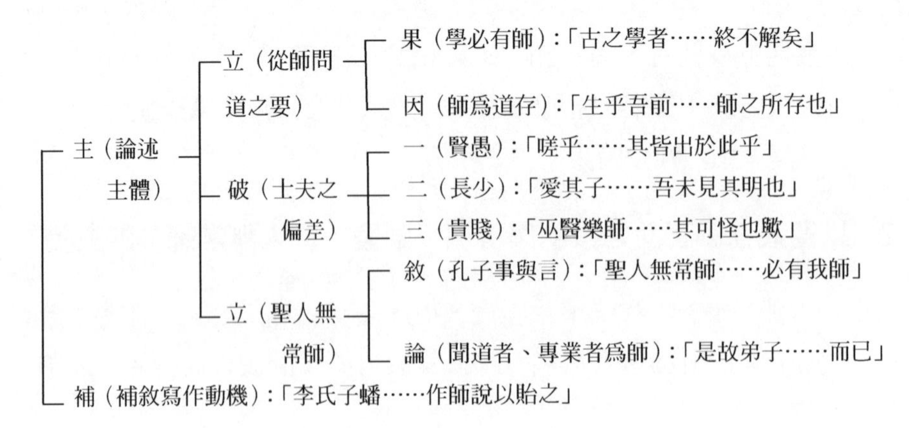

表一　結構分析表

由上表可知，〈師說〉一文的結構可先大別為「主」與「補」兩部分：「主」是作者所欲論述的主體，即「從師問道的重要性」；而「補」則是補敘，補敘寫作此文的動機，乃因年輕學者李蟠能「不拘於時」、向己問學，為嘉其行、兼以諷俗而作。本來這種寫作動機，一般會在文章開頭就提及，韓愈到文末才作補敘，改變了敘述的次序，因而產生了變化的美感；又韓愈可能是為了使前面的主體部分在論述上更為簡明暢達，不會有太多枝節，但又要顧及敘述的完整性，因此，才以補敘的方式交待寫作動機，如此一來，便可以同時兼顧了簡潔與完備的優點，形成了簡潔美、完備美；而且，前面漏失的，後面加以補充，則是一種呼應，不僅深化了「從師問道」的主旨，而且造成了一種聯絡的美感。[4]

「主」的部分，又可再細分為「立、破、立」的結構。「立」是立案，韓愈所立的主張是「從師問道之要」，此亦為全文主旨所在；而「破」則是反駁，他要反駁的是時人士大夫「不從師問道之非」；立與破間針鋒相對，使得所欲探討的主題更加是非分明。「立破法」，是從「正反法」中獨立出來的一種章法，「正反法」的重心在「正」的一面，而「立破法」的重心則在「破」的部分，因此，「立破法」的論辯味道更濃，形成了十分醒目、活躍的美感特徵[5]。尤其值得注意的是，〈師說〉一文「立、破、立」的轉位結構，先以第一個「立」（學必有師、師為道存）來傳達自己的主張，又藉著第二次「立」（聖人無常師）來加強駁倒「破」的論證與實例，使得作者的思想趨向（應以「道」之有無作為師法標準，而不必論其賢愚、長少、貴賤）更加鮮明，也更具說服的力量。

---

4 詳參仇小屏：《篇章結構類型論》（臺北市：萬卷樓圖書公司，2000年2月），頁598-599。

5 詳參仇小屏：《篇章結構類型論》，頁439。

在「立、破、立」結構之下，第一個「立」（學必有師、師為道存），又形成了「先果後因」的第三層結構，「學必有師」是果，而原因則是「道之所存，師之所存也」；學者從師學習，目的是為了求道，因此，師是為了傳道而存在的結果。韓愈以由「果」溯「因」的逆推方式，營造出一種揭露謎底似的期待感，又因為是違反了正常的推展規律，所以別有一種變化的新奇感[6]。

「破」的部分，又形成了「並列」的第三層結構，韓愈以「嗟乎」二字發端，引起下列從「賢愚」、「長少」、「貴賤」三個平行但不同角度的批判，在兩兩對照中具體而鮮明地映現出時人士夫對於「從師問道」的偏差觀念與態度：第一，從「賢愚」析論，古之聖賢已遠勝眾人，猶且從師而問，而今之眾人在遠不如聖賢的情況下，又恥學於師，其結果便是「聖益聖，愚益愚」，差距愈拉愈大，韓愈指出時人士夫自以為是的偏執觀念；第二，從「長少」析論，當今士大夫願意讓自己年幼的孩子學習句讀，而己身有惑卻不願從師求解，認為自己的學習歷程已然結束，韓愈指出士夫本身的矛盾，以及「年長就不必從師問道」的錯誤觀念；第三項從「貴賤」析論，士大夫們認為向地位低的求教有失身分，向地位高的請益則有諂媚之嫌，反而在世俗眼光中較低賤的巫、醫、樂師、百工之人，能夠「不恥相師」，韓愈指出士夫囿於社會地位的偏見。於是，在上述三種視角的對比分析中，我們可以清楚地明瞭作者認為「德行」、「年齡」、「地位」三者，都不是我們在選擇教師時的考量，「是否聞道」才是唯一的去取標準！

另外，從並列結構的美感言，這三種（「德行」、「年齡」、「地位」）不同但平行並列的視角、成分，都是圍繞著主旨、從三個

---

6 詳參仇小屏：《篇章結構類型論》，頁223-224。

方面來闡發主旨的；而且彼此之間的關係不分賓主，也未形成層次，這種形式上的反覆，能產生「整齊美感」[7]；同時，在大範圍是反覆的，但在小範圍中又有著互異的美感，其原因一如陳雪帆《美學概論》所言：「反覆的單位為繁多時，也未嘗不可破除了單調增多了動的情趣。……例如單是同樣大小的圓形反覆雖易流於單調，假若圓形是大小交互的，或與方形錯綜的，則反覆的單位已是繁多，我們的感情也便比較不易感覺單調。」[8]，因為「德行」、「年齡」、「地位」三者畢竟是不同的視角，所以，仍呈顯出變化而不單調的結構之美。

最後，第二個「立」（聖人無常師），又形成了「先敘後論」的第三層結構，敘是敘述具體的事件或話語，論是議論抽象的道理；論因敘而具體化，使道理更加明白易懂，而敘因論而抽象化，能就事物作更深層的觸發，蘊含不盡之意。韓愈在此先敘聖人孔子仍師法郯子、萇弘、師襄、老聃等不及己賢者之事例，再敘孔子云：「三人行，則必有我師」之言例，都是具體的事件或話語；然後，再由此抽繹出「聞道有先後，術業有專攻」的抽象道理，使得讀者更加明白。如此，具體的事例、言例，是具象美；而抽象的議論，是抽象美；兩者相輔相成，遂產生了相互適應的調和美[9]，也使本文「從師問道」的主旨得到更深一層的闡發。

四　結語

韓愈〈師說〉一文，就內容結構言，主旨「從師問道之要」安

7　張紅雨：《寫作美學》（高雄市：麗文文化出版社，1996年10月），頁235。

8　陳雪帆：《美學概論》（臺北市：文鏡文化事業公司，1984年12月），頁112。

9　詳參陳滿銘：《篇章結構學》（臺北市：萬卷樓圖書公司，2005年5月），頁122-123。

置在篇首，具有一目了然、演繹邏輯的特色；全取「事材」，且能配合主旨，從正面或反面、從古人至今人加以取材，以強烈映襯出作者所欲表達的論點。就章法結構言，以第一層的「先主後補」、第二層的「立、破、立」、第三層的「先果後因」、「並列」、「先敘後論」等嚴整的結構，有效地突顯出「從師問道之要」的主旨，並展現多樣的章法美感效果。尤其值得注意的是，韓愈能善用「立破法」，破除時人士夫的學習迷思，有效建立正確的學習觀念，其主張的具體內容有三：其一，學無止境（破「德行」迷思：聖賢亦要學習）；其二，終身學習（破「年齡」迷思：活到老、學到老）；其三，學無常師（破「地位」迷思：聞道者、學有專精者即可為師）。透過對〈師說〉一文內容與章法結構的分析，我們具體而深入地感受到韓愈對時代學習風氣的不滿，以及對建立正確學習觀念的熱切之情。

華語文文化

華語文文化教育之傳承與創新

邱凡芸*

臺灣目前的華語文教育，從師資培育到教學現場，著重於聽說讀寫溝通能力之訓練，學術界亦以華語文教學方面的研究為大宗。雖然學習語文，聽說讀寫之溝通能力是基礎，文化卻是學習語文的實質內涵。本文首先闡釋文化教育學派對文化與教育之探索，其次由文化角度思索華語文教育之問題。

一　文化教育學派對文化與教育之探索

首先，為文化教育學派對文化與教育之探索。文化與教育之研究，以文化教育學者，德國斯普朗格（Eduard Spranger, 1882-1963）為代表，在臺灣則有留德之學者田培林（1893-1975）引介其思想進入教育界。因斯普朗格作品被翻譯者不多，故下面以賈馥茗編輯其師田培林之論文集《文化與教育》為主要參考資料。

（一）文化之本質

雖然不同領域之學者，對文化之看法不同，田培林將教育學者對文化本質之觀點，歸納為四種：（田培林，1976：3-6）

* 國立金門大學華語文學系助理教授。

1. 認為文化是一種歷程。即人類不甘於受自然拘束而開始自由創造，此自由創造的歷程即文化。例如農業的進步、建築的發明等等。
2. 認為文化是一種最高目的，也就是「止於至善」的善。人的本質有兩極，一方面是自然，另一方面又不斷創造文化追求價值。修正前者之獸性，發展後者之創造，即可獲得完滿人格。此最高價值的善，就是文化。
3. 認為文化是人類精神活動所創造之一切價值總體。即文化哲學家所說的存於自然現象之外的「文化材」，例如語文、道德、科學、藝術、法律、政治、經濟、技術等等。
4. 認為文化是文明。又再細分為兩種不同主張。一種主張文明是文化的萌芽，文化是文明的成熟。文化的萌芽，即「人與物」之間的活動，知「物」的知識，用「物」的能力。文明的成熟，即為了處理「人與人」之間的關係，創造出更高的價值，例如禮俗與道德、政治與法律、宗教與哲學、文學與藝術等等。另一種則主張文化發展最高階段，即成為文明，故認為文明乃文化的成熟。

（二）教育與文化之觀點

田培林認為，教育與文化，有三種不同觀點：（田培林，1976：17）

1. 認為教育是保存、傳遞和發揚文化之技術。動物因無教育，所以即使世代相傳，仍無差等。人類因有教育，可代代相傳，累積經驗，達到成熟。
2. 認為教育即文化，且是高度的文化。人靠著教育接受前代生活經驗，將歷代經驗加以統一，接受後再分途發展。文化中的法律、政治雖不是教育，仍靠教育建立，而發展。

3. 認為文化即教育，沒有教育就沒有文化。人有文化體系，縱的是歷史，橫的是社會，所有的生活都是教育的內容，所以文化即教育。

（三）文化教育之理論基礎

田培林介紹斯普朗格文化教育思想時提到：

斯普朗格從狄爾泰（W. Dilthey）的精神生活思想出發，認為追求價值的精神（Geist）為一切實在的根本。這樣的精神可分為三種：第一、「客觀的精神」（Der Objektive Geist），如科學、藝術、經濟、宗教、法律、道德等文化；這種客觀精神是個人主觀的精神的價值體驗的客觀化；這種客觀精神係存續於歷史文化中，而形成一種文化關聯，成為精神科學研究的對象。第二、「主觀的精神」（Der Subjektive Geist），這是客觀精神投射於個人的體驗後，所引起的價值追求的生命力。第三、「絕對的精神」（Der Absolute Geist）或「規範的精神」（Der Normative Geist），是超越個人，超越歷史的價值本體。（田培林，1976：471）

此處採取「現象論」（Phaenomenologie）哲學方法，認為「主觀精神」與「客觀精神」不僅不是緊張對立，而是並存，且是必須相互依存。因「『客觀的』精神生活絕不能離開『主觀』的關係，而且也只有在『主觀』中，才能夠實現『客觀的精神生活』。」由文化教育觀點來看，教育的功用不僅保存文化，而且延續文化或創造文化。具有主觀的人創造了客觀精神、客觀的文化體系；而客觀的文化體系，保留了具有創造能力者的主觀性格。好比一件藝術品，出自一位有主觀性格之手；此藝術品成為客觀價值後，仍保有創造者主觀風格。[1]

---

1 田培林：《教育與文化》（臺北市：五南出版公司，1976年），頁88-89。

斯普朗格亦提出「教育愛」之說。教育愛不同於發自「本能」的男女之愛、親子之愛，而是人性中創造出來的「文化」價值。其所愛的，並非某特定對象，而是「一個價值創造的歷程，即由不好到好，由好到更好的歷程」[2]。

二　由文化角度思索華語文教育之問題

其次，由文化角度思索華語文教育之問題。

明白文化的涵義，略知文化研究學者之理論，以及文化教育學派關心之議題後，接下來要由文化視角探索華語文教育種種議題。華語文教育觸及之議題，較國語文教育更為複雜。相較之下，可發現主因在於二者教育對象有別，前者大部分為中華民國之國民；後者大部分為外籍人士。國語文教育學習者，多集中在臺灣，文化背景較接近；華語文教育學習者遍及全球各地，文化背景較多元。越是多元的文化背景，則需越多考量文化教育各種議題。議題繁多，無法於簡短篇幅內一一細究，因此下面延續文化教育學派學者認為：「教育同時擔負傳承文化與創新文化角色」觀點，探討「臺灣華語文教材與文化內涵傳承之省思」以及「華語文教育與文化創新之觀察」兩議題。

（一）臺灣華語文教材與文化內涵傳承之省思

以下，先由過去歷史上之語文、文化教育帶來之影響，檢視政治、教育、語文、文化之間的關係。接著透過臺灣出版之各種華語文教材，探討編者認為之文化所指為何？最後提出如何將文化內涵適切編寫進入臺灣華語文教材之省思。

2　田培林：《教育與文化》，頁472。

1 華語文文化教育之目的為何？

首先，檢視過去歷史上曾發生過的語文、文化教育。

以臺灣為例，在日本統治時期，日本施行的語文、文化教育，即大和民族文化教育，由文化上將臺灣人徹底地改造成日本人，說日語、寫日文、受日本文化教育等等，透過文化教育手段，同化臺灣百姓[3]。

再以新加坡為例，因複雜之歷史、政治因素，雖然其居民七成以上為華人，然而因為過去新加坡政府極為強調英語教育，導致目前盛行之語言為英語。近年來中國強盛，全球興起華語熱，新加坡政府企圖在教育上想要力挽狂瀾，以拯救自己母語、文化之態度，推行華語文教育時，才發現華人後代已經不太會使用華語文。新加坡政府才猛然發現，在歷史某個點上，他們似乎錯過了什麼珍貴值得保存的，如今積極地進行亡羊補牢之教育工程。外國人常笑新加坡人說的英語為「新加坡式英語」（Singlish），而新加坡年輕一代說的華語為「新加坡式華語」（Singdarin）。語文為文化傳承之基礎，文化之認同則影響著身分之認同。新加坡年輕一代語文使用混合不清的背後，顯示出其新一代華人之文化認同或身分認同模糊不清。

由這些歷史上曾經發生過之事件，可以發現，政治、教育、語文、文化有著密不可分之關係。政治主導國家之教育政策，國家之教育政策主導其語文政策，而語文政策影響著文化之傳承。原本屬於某族群之語文，若在政治上被選為官方語言，則該族群在國家之政治、

3 吳佩珍：〈皇民化時期的語言政策與內臺結婚問題——以真杉靜枝〈南方的語言〉為中心〉，《臺灣文學學報》12期，頁45-62。許佩賢：〈日治末期臺灣的教育政策：以義務教育制度實施為中心〉，《臺灣史史研究》第二十卷第一期，頁127-167。李園會編著：《日據時期臺灣教育史》（臺南市：復文書局）。

經濟、教育等各層面，均佔有優勢，其文化亦逐漸興旺；反之，若原本屬於某族群之語文，若在政治上被忽視，甚至刻意打壓，則該族群在國家之政治、經濟、教育等各層面，將處於劣勢，屬於該族群之文化亦有滅亡之可能。

然而，以上這些例子，均是具有主權之國家，在政策考量下，進行之文化教育，其所挑選之語文，均以「官方用語」方式推行。華語文教育則有些不同，華語文學習熱潮之興起，乃因中國在全球的經濟地位崛起，大部分學習者將華語文視為「外語」。猶如美語、英語獨領風騷之年代，世界各國爭相學習其語文、文化，排入國民教育之外語課程內，將其視為理所當然的國際通用語言，故以美語、英語為官方用語之國家，在國際上取得話語權，吸納各族群的文化，再融合創造新文化。如今各國期待在全球經濟、政治風向轉變之下，欲在未來的世界，佔有一席之地，就得學習中國的普通話或臺灣的國語文，即中國稱的「對外漢語」或臺灣稱的「華語文」。在海峽兩岸與世界局勢瞬息萬變中，全球華語文教育所指之文化，應當以什麼為內涵？其背後又隱藏什麼目的呢？

2　華語文教材呈現哪些文化內涵？

接著，透過臺灣出版之各種華語文教材，探討編輯者心中認為之「文化」所指為何？

檢視臺灣各華語文中心最盛行使用率為百分之五十八（邱凡芸、孫劍秋，2014）之華語文教材《新版實用視聽華語》一到五冊（國立臺灣師範大學主編，2008），課文介紹了中國文化（如第五冊第十七課〈十二生肖〉）、臺灣文化（如第五冊第十六課〈李天祿的掌中戲和茶藝〉）、海峽兩岸文化（如第四冊第十一課〈探親〉、第五冊第十八課〈我寫「乾」你寫「干」〉），虛擬之課文則會刻意安排外籍學生與臺灣學生之角色，透過對話，稍微比較東西文化差異（如第三冊第一課〈新室友〉）。可知編輯者者認為華語文教育需涵蓋之文化主要有中國文化、臺灣文化、兩岸交流之文化，在介紹華人文化時，附帶稍微提及一點西方文化相互比較（由課文可知「西方」所指為以英語為主之歐美國家）。

檢視全球華文網之「教學資源專區」所提供之五十三種華語文線上教材，以介紹中國文化、臺灣文化，前者如《三十六計》、《弟子規》、《中國故事》等等，後者如《臺灣講古》。當中較特別的為《臺語教材》、《客語教材》，可知臺語、客語方言已被視為華語文教材之一部分。另外，《印尼版新編華語課本》（一到九冊）（柯遜添、沈悅祖，2003）、《菲律賓版新編華語課本》（一到十二冊）（柯遜添，2011），以及《華文泰北版》（一到十二冊）（羅秋昭，2012）除了華人文化之外，也融入了印尼、菲律賓與泰國當地之文化，如《印尼版新編華語課本》第九冊第一課〈民族英雄狄波尼果羅王子〉；又如《菲律賓版新編華語課本》第八冊第一課〈菲律賓獨立節〉；再如《華文泰北版》第十二冊第八課〈泰北是個好地方〉。當地文化被編選入課文中，為值得注意之現象。推測編輯者認為華語文教育需涵蓋之文化主要有中國文化、臺灣文化，其中臺灣文化已包含閩南、客家文化，以及學習者生活當地之文化。

檢視世界華語文教育學會出版之華語文教材，「中華文化系列教材」含《中國民間的節日》、《中國唐朝的詩》和《中國書法》，屬於中華文化；「臺灣鄉土教材」含《臺灣鄉土教材之一：跨世紀的臺灣篇》、《臺灣鄉土教材之二：閩南人篇》、《臺灣鄉土教材之三：客家人篇》以及《臺灣鄉土教材之四：原住民篇》屬臺灣文化。推測編輯者認為華語文教育需涵蓋之文化主要有中國文化、臺灣文化，其中臺灣文化已包含閩南、客家文化以及原住民文化。

近年來，臺灣新住民人數漸增，新住民及其子女，亦為華語文教育關注之對象。檢視新住民教材，選材著重多元文化。以《新住民基本學習教材》（一到六冊）（劉和然總編，2009）為例，第三冊第一單元「民俗節慶」介紹中國節慶文化，第三冊第二單元「認識臺灣」介紹臺灣文化，第六冊第二單元「多元文化」則納入不同國家族群之信仰、宗教、節慶、習俗；再以《多元文化繪本》[4]為例，有各國的飲食、服裝、歌謠、故事、節慶、民俗文化等不同國家族群之文化，亦有閩南、客家、原住民、眷村等臺灣文化。推測編輯群因預設讀者為臺灣新住民，因此納入大量的各國文化，並介紹臺灣文化。

歸納上述臺灣已出版華語文教材所編選之課文，可發現編輯認定之文化內涵大致有：中國文化、臺灣文化（含外省、閩南、客家、原住民）、各國不同族群之文化（以臺灣新住民所屬族群為主，偏向亞洲各國之文化），亦偶於課文中提起西方文化（用意在於比較東西方文化差異）四大類。

3　如何發展有系統之華語文文化教材？

最後，為如何將文化內涵適切編寫進入臺灣華語文教材之省思。

概觀華語文教材內容之轉變，可發現文化之介紹，由傳統中國文化擴及臺灣各族群文化，如今已將各國文化納入教材之內。然而，文化範圍極其廣闊，教材之編寫需考量華語文之常用詞頻、常用字頻、課數、冊數、級數等等問題，編輯者往往在需顧及華語文聽、說、讀、寫能力之下，已無餘力仔細探究廣闊且多元之文化內涵，該如何分類、分級，有系統循序漸進地編排入有限地教材內。

4　三套，計30冊，新北市政府教育局，2013年。多元文化學習網：新住民輔導科。2013年6月15日，取自http://www.multiculture.ntpc.edu.tw/?cat=49

既然過去華語文領域之學者，可投注心力，研究發展華語文聽、說、讀、寫之分級，好使市面上繁多不一之教材有可依循之常用字詞表、量詞表、文法等供參考，華人文化與各國文化之分類、分級並非不可能。又因華語文學習者來自各年齡層、各族群，其文化背景、學習動機、學習場域亦有別，筆者建議可將學習者大致分類，以學習者為中心，設計合宜之文化教材。

以目前臺灣華語文教材之內涵為例，可推測教材預設學習者，大致區分為華裔外籍生、非華裔外籍生、新住民、新住民子女，以及國外各地華僑學校五大類。各類學習者所需之教材文化內涵為何？華人文化與各國文化於教材分配之比例為何？期待政府登高一呼，結合華語文專家學者、華語文教師、教材使用者，和華語文教材編輯者共同協商、設計、研究、實驗、檢討等，以發展華語文能力循序漸進，文化內涵深入淺出，切合全球使用者需求之華語文教材。

（二）華語文教育與文化創新之觀察

文化與文化之相遇，可能產生三種結果。其一，可能一盛一衰，社經地位優勢族群之文化逐漸興起，社經地位劣勢之族群之文化逐漸式微。例如前面所述，臺灣日據時期，日本透過教育，導致日本外來文化興起，臺灣本土文化式微；又如新加坡強力推行英語為官方語言時，華語文遂於無形間逐漸式微。其二，可能同時並存，例如新加坡的牛車水區，同時並存著佛寺、道觀、印度廟、回教堂等；又如歐美白色婚紗傳入後，臺灣並存著白色婚紗，以及中國傳統紅色新娘服。其三，可能二者融合再創新，例如歐美的漢堡飲食文化，遇見小吃天堂的臺灣飲食文化，則轉變為具有臺灣風味的米漢堡；又如中國傳統民間故事〈葉限〉其輕如毛，履石無聲的金履鞋，輾轉傳到歐洲，成了〈灰姑娘〉的玻璃鞋。

華語文教育原為多元族群文化相遇之場域，在教學過程中，師生之間，或不同族群學生之間，所能激盪出之文化議題，豐富了華語文教育的內涵。以下為幾則筆者於華語文教學現場實際之觀察記錄（此處教學現場觀察記錄為筆者整理過後的摘要。現場學生實際發言受到華語文程度影響，用字遣詞以及文法稍有錯誤，因顧及閱讀流暢度，且本文並非研究學生口語表達，故筆者並未以逐字稿方式呈現師生對話）。

1　兩文化相遇如何產生衝突？

兩文化相遇產生衝突之情況，時有所聞，嚴重者，甚至可引起種族之間或國家之間的仇恨與戰爭，於歷史上屢見不鮮。筆者曾遇見兩文化相遇，無法融合之情況，因為發生於上課場域，並非歷史上兩族文化之衝突，所以產生了文化議題之討論與對話空間。

例如，筆者曾刻意準備了一則臺灣出版，配有注音版的〈文成公主〉故事，作為補充教材，教一位藏族學生，因為內容與西藏有關，所以筆者心想學生會比較喜歡。臺灣版的故事，提到文成公主將中國的文化帶入「番邦」西藏，使西藏逐漸走向文明。該生認真地學習完這則故事後，說他小時候，也曾聽過文成公主的故事，但是和筆者給他看的，內容稍有出入。待該生耐心地說完他小時候所聽到的西藏版文成公主故事，筆者即發現，兩則故事都具有民間傳說特質，屬於民間傳說，也都有歷史真實與杜撰虛擬的部分，西藏版的文成公主故事穿插了難題考驗的類型。在意識形態上，臺灣版本的〈文成公主〉故事，應該是從中國大陸傳過來的，所以帶有強烈的中國為文化悠久之「大中國」，西藏為未開化「小番邦」之味道。而西藏民間流傳的〈文成公主〉，則隱含著西藏當年為強盛之國家，中國派文成公主和親，是為了不讓西藏派兵攻擊中國之涵義。

另一則例子，是一班越南中級班級生，十多人，男女各半，年齡約十七至二十歲。當天教學的一部分內容，為討論華人生育習俗與學生自身族群文化，有何異同。一位長髮個子不高，大眼睛長睫毛的女同學舉手，說了一則她親友的經歷：「我越南的朋友跟臺灣的男人結婚，生了一個女娃娃。快要滿月的時候，我朋友越南的家人說，女娃娃要把這裡（指睫毛）剪一半，以後才會漂亮。可是他先生臺灣的家人說，不可以剪那裡，應該要剪掉頭髮，可是越南的家人不肯。」我問：「那怎麼辦？」那學生說：「後來臺灣那邊的家人不肯讓娃娃的這裡（指睫毛）被剪掉，越南那邊的家人不肯讓娃娃的頭髮被剪掉，兩邊吵架，吵到一個月過去了，娃娃什麼都沒有剪。」我問：「如果妳以後跟臺灣的男人結婚，生寶寶，遇到一樣的問題，怎麼辦呢？」那女孩很堅定地回答：「還沒結婚，我就要跟他說，生女娃娃要剪睫毛，不可以剪頭髮。不然我就不要跟臺灣的男人結婚。」這時，班上越南男同學起哄了，說跟越南人結婚比較好等等的。班上的越南女同學也回嘴，說跟臺灣人結婚比跟越南人結婚好等等的。

2 兩文化相遇是否能融合再創新？

然而，兩種相異的文化相遇，也有衝突過後，彼此融合，再創新之例子。

例如，某次筆者於零級起點，學生來臺學習華語文未超過一週的班級上課。學生均為越南籍，約二十位，男女各半，年齡介於十五至十七歲之間。適逢情人節，學生拿著臺灣月曆，指著「情人節」三個字，比手畫腳地想學如何發音。筆者教完後，順帶一邊畫圖，一邊說了一則中國情人節牛郎織女的故事。為了讓零起點學生能聽懂主要情節，故事進行得很慢，學生則張大眼睛安安靜靜地聽，邊聽邊點頭回應，終於說到「鵲橋相見」時，學生突然間興奮得以越南話彼此談論起來，筆者不熟悉越南話，直問學生怎麼了？學生才七嘴八舌地用他們剛學會的一點華語，表達越南也有牛郎織女的故事，只是越南的牛郎織女是搭「烏鴉橋」見面的。當年，這課堂上意外的插曲，使筆者發現文化與文化相遇之時，有融合轉變再創新只可能，引起日後筆者對華語文教育領域文化議題研究之興趣。

另外一個例子，發生在一個華語文中高級班，學生約十八位，多數為美籍華裔，年齡主要分布在十八至二十歲之間，男女各半。當天某部分教學內容為討論中西紀念祖先之文化差異，某生抱怨：「喔！祭祖！我最討厭祭祖了。你們臺灣的學生可以放假去掃墓，我們在美國沒有放假，還要請假很多天回臺灣掃墓，還要讓很多不認識的長輩看。」此話一出，幾乎引起全班學生的共鳴，開始中英文夾雜七嘴八舌地抱怨著華人文化多麼的瑣碎、麻煩、無法理解等等。在大家都抱怨得差不多時，筆者問：「有誰對這樣的情況，能提出什麼解決辦法嗎？華人確實看重祭祖，可是美國人並不會因此放假。而回臺灣一趟的路途又如此遙遠，該怎麼辦呢？」某位學生舉手發表了他的看法：「我小時候也覺得跟著爸媽回臺灣祭祖很麻煩，後來長大了，要留在美國上學唸書，我就用Skype跟臺灣的家人上網視訊。阿嬤拿著香跟祖先說，子孫有誰、有誰、有誰時，我也在啊！這樣他們就不會覺得我不在很奇怪，我也不用每年都一定要回臺灣祭祖了。」這解決方式再度引起大夥的共鳴，點頭表示接受。這例子讓筆者回味再三，以往常想著自己該如何解決在華語文教育場域處處會觸及之文化差異（甚至文化衝突問題），此經驗讓筆者發現，經過設計過的教學活動，引導學生討論，則學生可提出有效又創新之解決方案。

還有一個例子，發生在個別班，學生為一位日籍生，與一位西藏學生。學生華語文程度為中高級。課堂上，我們正在談論臺灣的婚禮習俗，西藏學生忍不住問：「請問老師，上週我參加一個華人朋友的婚禮，大家要送禮物的時候，我送新郎、新娘西藏人會送的哈達，祝福他們，可是很奇怪，大家都沒說話，我不知道為什麼。」筆者進一步詢問什麼是「哈達」時，才知道是藏族人的禮巾。哈達在藏人文化中適用的場合非常多，都是祝福的意思，然而西藏常見的哈達，幾乎都是白色的。筆者解釋華人婚禮場所，通常紅色象徵吉祥，也會包紅包；若是華人喪禮場所，通常白色象徵哀戚，也會包奠儀，俗稱白包。藏裔學生恍然大悟。隔週再來課堂上時，很興奮地對筆者說：「老師，我在臺灣找到賣哈達的店了，有很多顏色。以後我會買紅色的哈達送新郎、新娘。」這也是一則不同文化相遇，創造新文化之例。對藏族文化而言，最初並無紅色的哈達，卻能夠入境隨俗地變換顏色。對華人文化而言，並沒有婚禮送白巾或紅巾之習俗，卻也接納了藏族朋友的紅哈達之禮。由此可知，文化差異雖難以避免，然而透過對彼此文化之認識與瞭解，或文化素養之培育（以虛己之態度認識不同族群之文化），文化衝突是可以化解的。

兩個不同文化相遇，有時可以相互融合並創造出新文化，有時可能各持己見產生衝突。期待不久的將來，能發展創新有效的教學方法，凸顯華語文教學課堂上產生的種種文化議題，開啟文化與文化間對話之可能，以增進對彼此文化差異之瞭解，達到對彼此文化之尊重為目標。若族群與族群之間，能以積極和平的態度面對彼此的文化差異，將思維提昇至於「屬於你的文化」和「屬於我的文化」之外，還可創造「屬於我們」的新文化，則人類的文化可透過不斷地融合，持續展現出新的文化面貌。

科普數位繪本創作歷程研究

邱凡芸*

一　前言

科普知識與文學的結合，長年來受到大眾的喜愛。科普作品讓讀者不僅可以欣賞文學之美，還可以透過輕鬆的筆調，認識自然科學知識或人文社會科學知識。以「科普」為關鍵詞，查詢「臺灣期刊論文索引系統」近三年之學術性期刊，已可得十篇文章[1]。多數為某科普讀物或節目的介紹與評論，部分為探討科普讀物與教學之關係，亦有學者探索科普作品角色擬人化議題，或是泛論科普之重要性。可知道科普已經受到人們的注意，然而尚未有學者提出科普數位繪本創作歷程之有關研究。

市面上常見的科普著作，經常是厚實的一本鉅著，每一頁都是密密麻麻的文字，可知預設讀者為已經具備充足識字能力，且能夠閱讀長篇文章的青年或成人。雖然，市面上也可以見到許多預設讀者為十二歲以下兒童或是六歲以下幼兒的知識性讀物，圖文並茂，且配上注音符號，然而因為內容缺乏「故事性」與「趣味性」，即使預設讀者為兒童或幼兒，嚴格來說，僅能稱為傳遞某類知識的「兒童讀物」。

---

* 國立金門大學華語文學系助理教授。

1 國家圖書館期刊文獻資訊網（2014）。臺灣期刊論文索引系統。2014年4月28日，取自http://readopac.ncl.edu.tw/nclJournal/。十篇文章請見本文參考文獻。

近年來，許多公家單位透過繪本的形式，向兒童以及幼兒宣導某類知識。筆者有幸擔任當中幾部科普數位繪本的作者[2]，在與電腦軟體工程師、公家單位以及不同領域學者反覆討論，修改數位繪本內容的過程中，累積了一些心得。因此，抱著能與更多人分享的心情，撰寫本文。期待未來能有更多的人投入科普數位繪本的創作，讓我們出生在數位時代的新生命，在年幼的時候，就有機會透過欣賞繪本的圖像、故事，或是玩數位遊戲，認識我們的自然環境與社會人文。

二　科普數位繪本創作步驟

根據筆者經驗，科普數位繪本之創作，約略可歸為以下七項步驟。

（一）確認讀者年齡：確認預設讀者的年齡層，以便篩選出適合的繪本內容。

（二）蒐集背景資料：查閱相關的科學知識，選取適合讀者年齡層的內容。

（三）擬訂故事架構：思考故事想要傳達的主旨，擬出故事情節架構。

（四）撰寫繪本內容：依據故事架構，設計角色對話與敘事。

（五）製作繪本畫面：確認繪本版面大小，進行角色與背景的繪製。

（六）設計數位遊戲：根據所欲傳達的知識，設計數位遊戲。

（七）請教相關人士：初稿完成後，請教專家學者、家長、教師的意見，加以修改。

2　本文所引用的六冊科普數位繪本，尚在製作過程中，還會因為各樣的考量加以修改，預計2014年底定稿、出版。

三　科普數位繪本創作實例

下面以筆者編寫的六冊科普數位繪本為例，說明這七項步驟。

首先，是確認讀者年齡。若依照孩童識字能力區分，讀者年齡層，可約略區分為幼童、國小低年級、國小中年級、國小高年級。以這六本科普數位繪本為例，其預設讀者年齡，可參考表一。

表一　六冊科普數位繪本預設讀者年齡層

	繪本名稱	預設讀者年齡層
1	饅頭海星東沙海草床之旅	國小中年級
2	燕鷗樂園	國小中年級
3	森林快樂的秘密	六歲以下幼童
4	小水滴的任務	國小高年級
5	誰才是恆春古城的第一名？	國小高年級
6	誰才配和鵝鑾鼻燈塔照相？	國小高年級

需要附帶說明的是，因為科普數位繪本通常設計為有聲書，因此即使預設讀者為國小高年級，若是年紀更小的孩童對該繪本產生濃厚的興趣，主動透過有聲書的功能，聽故事的內容，吸收繪本的知識，為可喜的現象。繪本並沒有限定實際讀者的年齡，預設讀者年齡層的設定，僅為作家創作時，採用字詞難度，設計行文語氣的參考。

其次，是蒐集背景資料。背景資料指的是科普數位繪本「知識性」的部分，繪本作家也許會天馬行空創造有趣的故事內容吸引孩童，然而科普數位繪本主要目的，是要傳達特定的知識給幼兒或兒童。所以，作家對特定知識的瞭解，如何刪除枯燥乏味的部分，挑選所欲傳達的核心宗旨，深入淺出地介紹給讀者，相當重要。以這六本科普數位繪本為例，其背景資料類別，可參考表二。

表二　六冊科普數位繪本背景資料別

	類別	繪本名稱	所需背景資料
1	自然生物	饅頭海星東沙海草床之旅	東沙海草床動植物生態習性
2	自然生物	燕鷗樂園	澎湖礁島地質特色與鳥類習性
3	環境保育	森林快樂的秘密	保護土壤與地下水背景知識
4	環境保育	小水滴的任務	保護土壤與地下水背景知識
5	人文歷史	誰才是恆春古城的第一名？	恆春古城人文歷史背景知識
6	人文歷史	誰才配和鵝鑾鼻燈塔照相？	鵝鑾鼻燈塔人文歷史背景知識

以《燕鷗樂園》為例，澎湖有各式各樣的礁島景觀，要如何挑選最有特色的三至五個景觀，呈現在繪本故事當中？澎湖也有各種的鳥類，要挑選哪些鳥類才有代表性？這都必須事先蒐集資料，詢問當地的生態保育人員，才能獲得正確的知識。再以《誰才配和鵝鑾鼻燈塔照相？》為例，必須蒐集鵝鑾鼻燈塔的相關資料，燈塔本身的特色，燈塔附近的地景設施，瞭解起初創建燈塔的原因，以及燈塔建立前

後，發生的種種歷史事件。

其三，是擬定故事架構。故事架構指的是整篇故事大概會進行的方向，猶如蓋房子的藍圖，確認大致樣貌後，才能接續著手細部的建造。故事架構的設計，包含故事的背景鋪陳、問題衝突點、問題的解決過程，以及故事如何結束。其他，諸如敘述時間的發展，地點場景的選擇，孩童的經驗等等，也需要考量。幼兒與兒童的生活經驗有限，需要選取他們熟悉的經驗，設計故事架構，較能引起小讀者的共鳴。

以《饅頭海星東沙海草床之旅》為例，故事透過饅頭海星在海裡玩遊戲、迷路、肚子餓、想回家的過程，帶出東沙海草床的地理位置，海草床的各種植物、動物，穿插海洋生態保育的觀念，最後找到回家的路。玩遊戲、迷路、肚子餓和想回家等等，都是孩童熟悉的經驗，可引起小讀者的共鳴。再以《誰才是恆春古城的第一名》為例，故事透過四座擬人化恆春古城門的聚會，利用各角色爭取誰才是第一名的衝突點，以時間倒敘的方式，帶出沈葆楨、鄭成功、荷蘭人、西班牙人、原住民、矮人傳說等等的恆春人文歷史。唸書、考試、排名等等，是國小兒童熟悉的生活經驗，透過爭取第一名，串連歷史知識的內容，結尾處則以矮人的出現，反思爭取第一名的意義為何？

其四，是撰寫繪本內容。故事架構確認後，即可著手進行較細部的描寫。因為繪本必須考量每一單頁（或跨頁）的字數與圖文配置，所以，筆者建議可先在電腦螢幕上拉出表格，在左欄填上頁數，再照著故事架構，將每一頁會出場的角色放入右欄。接著，一頁頁地撰寫、調整，完成故事內容。科普繪本需要巧妙地串聯「知識」與「文學」兩部分。讓讀者在閱讀故事時，不知不覺吸收了各樣的知識，又不覺得像是在說教，或只是在閱讀某種介紹性刊物。故事內容用詞必須淺白，符合預設讀者年齡。角色盡量擬人化，著重趣味性，並且盡量以對話推展情節的發展。最後可以留下一、兩頁的空間，放置知識背景的說明頁，以及設計思考問題。說明頁的文句與內容必須適合預設讀者年齡。思考問題的設計，可引導小讀者回顧整篇故事的核心思想，並且容許小讀者能夠自由地表達自己的想法。本步驟之實例，請參考附錄一。

其五，是製作繪本畫面。故事文稿完成後，是畫面的繪製工作。需要先決定出版頁面的大小與形式（是否為傳統的四方形，或者採用其它不規則形狀）。接著，設計角色造型，以及繪製背景。角色造型的設計，必須參考真實的照片或圖像。例如《燕鷗樂園》，角色包含鳳頭燕鷗、白眉燕鷗與玄燕鷗，三者雖然都是燕鷗，卻必須有清楚可辨識的特徵。鳳頭燕鷗必須強調牠頭上的羽毛，白眉燕鷗必須強調牠眉毛上的V字型，玄燕鷗必須強調牠全身漆黑的羽毛。再如《誰才配和鵝鑾鼻燈塔照相？》角色同時出現清朝漢人、臺灣漢人、朝鮮人、日本人、原住民，這些人物的五官、服裝、配件、動作等等，都必須考究當時的年代，這些人如何打扮穿著等等。角色造型必須有足夠的辨識度，讓讀者一眼就認出畫面中的某人是指故事中提到的哪個角色。背景的繪製，必須符合當地的自然景觀與特色。例如《饅頭海星東沙海草床之旅》，背景中出現的海草與魚類，必須是東沙海草床確實會出現的生物。又如《燕鷗樂園》，背景必須是澎湖南方四島與礁島確實有的地質景觀。再如《誰才是恆春古城的第一名？》，可以找恆春當地有名的山頭形狀為背景。

圖像完成後，還需要檢視繪本圖像與文字彼此的配搭。若是一本好繪本，圖像經常能呈現文字沒有說出的內容。以《森林快樂的秘密》為例，故事文字只提到：「快樂森林裡的動物，一直都很快樂。可是最近發生了一些怪事，河流不再唱歌還發出臭味；開心農場的樹木不肯結果；動物的家人接二連三的生病。」圖像可以呈現文句當中

沒有明說的部分，例如河流身上有油漬、垃圾；樹木垂頭喪氣，病懨懨的；生病的動物有的肚子痛、有的頭痛等等。（參考圖一）

圖一　《森林快樂的秘密》畫面

繪本的圖文配置比例，並沒有一定的限制，卻會因為預設讀者的識字能力，或畫面的美觀與否，加以調整。通常六歲以下的幼兒，不識字，需要家長或老師讀故事給他們聽，或是讓幼童自行翻閱以圖像為主的繪本，然而數位繪本卻可以克服幼兒無法獨自閱讀文字的限制，提供朗讀故事的功能，讓幼童一邊聽故事、一邊看繪本圖像。國小低年級的兒童，繪本最好以圖像為主，配合少部分簡易淺白的文字，需要注音輔助，且字體要大。國小中年級的兒童，繪本頁面圖像與文字的比例，可以調整為五比一左右，是否需要注音符號輔助，視繪本使用字詞難度而定，字體大小適中即可。國小高年級的兒童，因為識字率已經提高，繪本圖像與文字的比例，可以調整為四比一左右，不需要注音符號，字體大小適中即可。

其六，設計數位遊戲。科普數位繪本的創作，可設計與知識有關的遊戲，加強孩童對某項知識的認識。以《小水滴的任務》為例，預設讀者為國小高年級兒童，所欲傳達的知識為保護土壤與地下水的重要性。可以將繪本畫面設計為與讀者互動的方式（參考圖二）：讀者用手指頭或是滑鼠，點選水井，畫面即產生地下水被抽取上來，導致地層下陷、大樓淹水、海水入侵土壤、地下水鹽化等災害。點選右上的雲朵，則會下雨補充大地水分。點選土壤，則可以將土壤放到水井中，將水井填平，象徵不再超抽地下水等等。

圖二　《小水滴的任務》畫面

最後，請教相關人士。初稿完成後，請教專家學者、家長、教師的意見，加以修改。並將修改後的初稿，讀給預設年齡的幼兒或兒童聽，觀察讀者的反應，再次進行修改。之後，即可進行紙本科普繪本的印刷、出版作業，以及科普數位繪本的上網推廣作業。

四　結語

科普數位繪本看似為一本簡單的書籍，背後卻結合了兒童文學、科普知識、圖像設計、數位科技四大專業領域，創作過程艱辛且複雜。然而，科普數位繪本的創作，關係著我們的下一代，值得更多的創作者與研究者更深入的探索。本文僅為開端，期待有拋磚引玉之功能，引起更多人的關注與投入。

附錄一：《誰才是恆春古城的第一名？》文字初稿

因論文篇幅有限，本文僅選取《誰才是恆春古城的第一名？》文字初稿的三～五頁、十三～十四頁為附錄，僅供閱讀本文之讀者參考，請勿以任何形式複製。著作版權，屬於作者、卡米爾資訊股份有限公司以及墾丁國家公園所有。本文提及之六冊科普數位繪本，預計二〇一四年底定稿、出版。

跨頁	文字稿
3	東門不自覺地重複鏡子的話：「誰才是恆春古城的第一名？」 南門問：「哦？恆春古城的第一名，那當然是我們囉！」 西門與北門附和：「對啊！對啊！我們都一百多歲了。我們理所當然是第一名啊！」 他們還沒說完，東門手上的鏡子震動了起來，裡面出現一個人喊著：「你們算什麼第一名？我才是第一名！」接著那個人，握住鏡框，用腳踩上鏡框，從鏡子裡走出來。 四個城門看到一位帶著圓帽子，帽子上還有一條長尾巴的人，穿著清朝的官服，胸口還有一條長項鍊。
4	四個城門異口同聲問：「你是誰啊？」 那人把袖子一甩，頭抬高，眼睛看著天空：「我正是大名鼎鼎的沈葆楨」。 西門壓低聲音問北門：「你聽過這名字嗎？」北門狐疑了一下。看看東門，他搖搖頭。再看看西門，他扮了個鬼臉。 沈葆楨咳了幾下：「你們才一百多歲，當然沒聽說過我。我可是偉大清朝的船政大臣，你們可是我建議大清帝國，將你們生出來的。我還將瑯嶠設縣，可是屏東最早的縣治啊！我不是第一名，誰算第一名呢？」

跨頁	文字稿
5	沈葆楨吞吞口水，還想往下說，東門手上的鏡子又震動了起來，裡面出現一個人喊著：「你們算什麼第一名？我才是第一名！」接著那個人，從鏡裡往外看看，估量一下距離後，先後退三步，再往前跑了五步，雙腳一蹬，利落地從鏡子裡跳出來。 大家看到一位帶著帽子，穿著軍服，肩上還有披風，眼睛炯炯有神的人。 沈葆楨不高興地問：「來者何人？」 那人拍拍手腳上的塵土，甩甩披風，故意把將頭上的帽子對著沈葆楨，讓他看清楚帽子正中央，大大的「鄭」字。 四位城門仍舊搖搖頭，沒聽過。但是沈葆楨卻張大眼睛、嘴巴，相當吃驚的模樣：「鄭……鄭……莫非你就是鄭成功？」。
13	只見那身穿獸皮衣的老人，右手抱著一個繩紋陶罐，左手輕輕抓著一隻活的百步蛇，不屑地瞄了鏡子外面的人一眼後，慢慢地走到那位黑衣男人的身旁，淡定地說：「只有不是第一名的，才會拚命搶第一名。」 四個城門聽了，捶胸頓足，把身上的磚頭打碎了好幾個，哭喊著：「我們至少不用當最後一名吧？」 沈葆楨和鄭成功扯下自己的官帽，感嘆地說：「我們追求的第一名，有什麼意義呢？」 荷蘭人眼看已經失去第一名的地位，拔下幾根紅頭髮，跟鏡子內的老人比較一下顏色，巴結地說：「說不定我們有血緣關係…… 這時，森林裡有個矮人，偷偷看著這群搶第一名的人，自言自語地說：「哦！原來好幾萬年以後的世界，長成這樣啊！」

跨頁	文字稿
14	〔恆春古城人文歷史說明〕 〔矮人〕～排灣族傳說中的族群 在原住民口傳民間故事中，有許多矮人的足跡，排灣族也不例外。據說這些矮人，比排灣族還要更早來到這地方居住，有的故事說這些矮人與附近的族群通婚，漸漸被同化，最後消失了。有的故事說這些矮人與附近的族群為敵，最後整群離開此地。 〔排灣族〕～史前時代至今 臺灣原住民之一，屬於南島民族語系，主要活動於臺灣南部，恆春為排灣族的活動範圍之一。已有許多考古學者，在墾丁國家公園區域，發現史前時代排灣族聚落的遺址，可知道排灣族在此地已居住許久。排灣族的傳統住屋由石板建造，傳統服飾由繡線或琉璃珠裝飾而成，具有階級制度。 〔荷西時期〕～西元1624-1662年 歷史上的地理大發現時期，歐洲列強紛紛到東亞貿易。荷蘭東印度公司統治臺灣部分地區，總計38年，以臺灣為貿易據點，招攬許多漢人移民臺灣，提供荷蘭人發展經濟需要的勞力。因為荷蘭人毛髮大部分為紅色，因此被稱為紅毛人。西班牙人也曾經在此期間，統治北臺灣16年（西元1626-1642年），最終荷蘭人攻陷雞籠（基隆），結束西班牙人的統治。 〔明鄭時期〕～西元1661-1683年 鄭成功為中國明朝的遺民，和清兵對抗。為了建立反清復明的基地，西元1661年鄭成功率領兩萬五千名士兵與數百艘戰船，戰勝荷蘭人統治的臺灣，在臺灣建立第一個漢人政權。直到西元1683年，清朝政府派鄭成功之前的部下施琅率領清軍，擊敗臺灣的鄭克爽，結束明鄭時代。中國清朝正式將臺灣納入版圖。

跨頁	文字稿
14	〔沈葆楨〕～西元1820-1879年 沈葆楨為中國清朝晚期重要大臣。牡丹社事件，日本派軍隊與臺灣原住民發生激戰，中國派他為欽差大臣，來臺辦理海防與處理各國事物。沈葆楨在臺灣建立許多砲台，並在日軍當初登陸的琅嶠地區設置恆春縣，也建立城牆，並且積極地招撫原住民，使其不再對漢人出草。 〔恆春古城〕～創建於西元1875年 恆春古稱瑯嶠，是排灣族對一種蘭科植物的稱呼，也是當地原住民的族名。沈葆楨來臺後，因為此地四季如春，所以改名為恆春。恆春古城位於恆春鎮中央，創建於清光緒元年，為國家二級古蹟，如今仍保留東西南北四座城門。 《誰才是恆春古城的第一名？》思考問題 一、請問故事中有哪些人物曾經和恆春這個地方有關？請依先後順序排列回答。 二、故事中提到了幾首與恆春有關的歌曲？請上網搜尋、聆聽這些歌曲。從當中挑一首你最喜歡的，寫下歌名，並說說看你為什麼喜歡這首歌？ 三、讀完故事後，你認為誰才是恆春古城的第一名？請說明為什麼。 四、你認為當第一名很重要嗎？請說明為什麼。 五、生命中有哪些人事物，是你認為比當第一名還要更重要的呢？請說明為什麼。

中國文字建構及其美學藝術

錢奕華*

中國文化三千年，文字的演變，在綿延的時間洪流中，中國文字，這古老的IC晶體不斷做字體的進化，由甲骨、石鼓、金文、篆書、隸書、楷書、草書，這樣的變化，到與文化、語言的碰撞，同音、異形、字根系統的演變與衍生，其以形、音、義三位一體展現了中國漢字的特色。

把握文字圖像的建構特性，文字與聲音關聯的奧妙，意音文字、圖像文字、文字堆疊等妙法子，將字的音義特色，以文字圖示法、音聲認知法，引起學習動機，達到快速認識中國文字與對中國文字美感特點印象深刻。

一　中國文字是表徵宇宙實相的符號

中國文字的源起，按照東漢許慎（約58-147）的觀點，是先由伏羲造八卦，以表徵天象開始，在《說文解字・敘》說：「仰則觀象於天，俯則觀法於地，視鳥獸之文，與地之宜，近取諸身，遠取諸物，於是始作《易》、八卦，以垂憲象。」說明先人在仰觀天象變化，俯察地理脈絡，觀察動物鳥獸的形象，近處由自身取象，遠處由觀察萬物，以這個基礎，先創作《易經》的八卦，以八卦卦象表示大自然天

* 國立聯合大學華語文學系主任。

地雷風、水火山澤。這和古希臘、古印度四種元素「地、水、火、風」有異曲同工之效。

進而在神農氏時代，「及神農氏結繩為治，而統其事，庶業其繁，飾偽萌生。」（《說文解字．敘》）是說結繩記事的治理社會方式，已經不敷應用於社會上的各行各業，社會上人際互動的事情增多了，文字記錄、文字需求量大增，於是產生文字。

真正的現代中國文字開始，依照《說文解字．敘》是源於「黃帝之史倉頡，見鳥獸蹄迒之跡，知分理之可相別異也，初造書契。」（《說文解字．敘》）就是黃帝的史官倉頡，傳說他根據看到鳥獸的足跡，悟出紋理可以辨別鳥獸，因而開始構思並創造文字，使得「天雨粟，鬼夜哭」（《淮南子》），當時文字的意義在於「言文者宣教明化於王者朝廷；君子所以施祿及下，居德則忌也。」（《說文解字．敘》）是有助於君王的施政的。

最初形成的文字，是體現外在的環境，它以物質的形象或特徵創造文字，如有自然物體如：日、月、山、川、水等獨體文字；如有近取乎身的人體圖、人工器具、人工器物，這些字多是象形字，再運用指事、會意、形聲等造字方法，造就出了佔百分之八十以上的絕大部分漢字，如下圖（見圖一）。

二　中國文字是文化底蘊下的藝術

奇妙的漢字，一筆一畫都蘊藏著故事，將漢字中豐富多彩的文化內涵串聯，不但具有學術性，也有趣味性。例如：京城的京，字體就是象形文字，古文字像古代高樓閣「京觀」，是古代建築在高地上，用以旌表戰功的高大建築物，這種風俗流行於先秦時代，因為高大建築物多半集中於大城市，如國都，因此京，引申為國都。

（一）「友」文字圖像意涵——好友的雙手緊握

在上古時期，「朋」和「友」的含義是有別的。古稱：「同門曰朋」，孔穎達《周禮.正義》曰：「同師曰朋」；說明跟從一位老師學習的人，稱為「朋」，即是我們今天所說的同學；而《說文解字・又部》：「同志曰友」，也就是說，志同道合的人稱為「友」，即今俗稱的「同志」。

古文「友」字的字形是由兩個「又」構成，「又」像手之形，並且為兩隻右手，足見「友」是會意字，其意思是兩隻右手緊緊地握在一起，可以想見我們的先民，朋友相逢時，他們也會像今天一樣用握

原則		舉			例					釋意
象形	a	人	女	子	口	鼻	目	(手)	止(足)	人體全部或一部
	b	馬	虎	犬	象	鹿	羊	蠶	龜	動物正像或旁像
	c	日	月	雨	(電)申	山	水	禾	木	自然物體符號
	d	壺	鬲	弓	矢	絲	冊	卜	兆	人工器物符號

圖一

手來表示朋友之情。這種習慣一直延續至今，當舊友重逢，兩人仍然是熱情地伸出右手緊緊地握在一起，以表示彼此之間的深厚友誼。而且兩隻手共同伸向一個方向，表示雙手互相協調、配合密切的意思。這樣互相幫助、互相愛護，表現人與人之間深厚的交情，藉由「友」字的創制，體現了我們民族傳統的美德。

（二）「國」文字圖像意涵——國是統攝著人、法、地

甚麼是國家？古代人認為，有人「口」，有法律（「一」），有軍隊（「戈」），有領土疆界（「 口 」），這樣才形成國家。沒有領土疆界，會引起國與國之爭，使人民產生困惑與危患，這就是「或」字的本意，為了區分，加上部件「心」，得到「惑」字；「或」字又得到「地區」的延伸意，為了區分，加上部件「土」，得到「域」字。

（三）「家」文字圖像意涵——家有著女性、財富與房屋

漢字表義能力特別強，它像一幅圖畫，看慣了這些字，目擊的瞬間就能萌發聯想，甚至產生情感，使人的認識迅速發生變化。以「家」、「安」為例，「家」字，上有「房」（寶蓋頭），下有「財」（「豕」代表財富），說明要組成一個家庭，就需要一定的物質基礎。「安」，則是下面「女」字，代表母系社會向父系社會過渡之後，男人在社會上有支配地位。男人們只有在家中養豬，才算有了財富，才算成了家；有家而沒有女人，生活不安定，只有把女人娶回

家中，才算過著男耕女織的幸福生活。

這些聯想性，能夠賦予枯燥的文字以豐富的內涵和雅趣，使之鮮活生動栩栩如生，對於文字本身的魅力，尤其對於中華傳統文化的魅力來說，是絕對不可缺少的重要組成部分。

圖像的藝術在中國文字中達到極致，傳遞了先人創造字的智慧，也提供我們說文解字的基本方法，今天，我們可以將某些個生僻漢字的意義，有規律可循，即使我們不認識，也可猜到大略的意義，這是文字第一項使命——表義的功能，讓千年前文獻中的漢字，讓今天的你我認識。保證了文化的傳承，相比較拼音文字記錄的文獻，如莎氏比亞的《羅密歐與茱麗葉》，四百年前的拼音紀錄，現今時代有些詞彙已經發音不同，就造成有些詞彙今天的人已經難以完全看懂了。

三　中國文字字形結構分解式

中國文字一筆一畫都有意義，以永字八法為例，其中以文字字形的筆劃，組合成一個字，這是中國文字特色，字的結構又不同，以漢字字形結構來看（見圖二），字形大致分，單獨、對分、包圍、夾擊四類，單獨，如象、牛、山，對分，如：姐、妹，包圍則又細分三，一是二面包圍，如：病、逍、刀，二是三面包圍，如面、凹、區；三是全面包圍，如：回；夾擊，如：巫、傘等；還可以繼續分解成為構字元素的筆畫，構成非字部件與獨體字，如下圖：

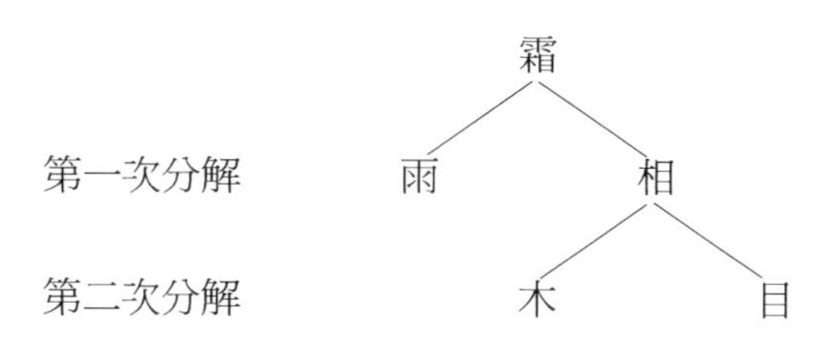

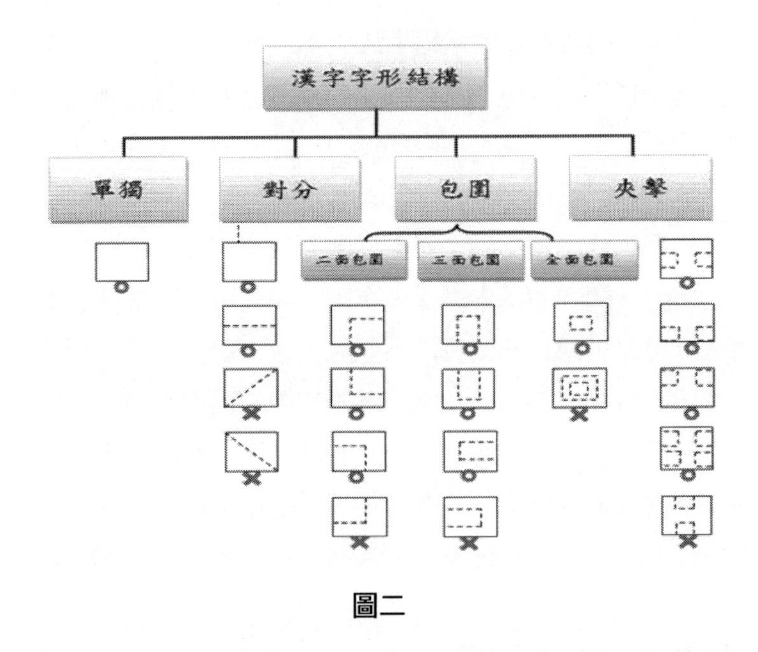

圖二

最後，再分析到漢字書寫時不間斷地一次連續寫成的一個線條，就是筆畫。筆畫是中國文字的最小構成單位。筆畫可分為點（丶）、橫（一）、豎（丨）、撇（丿）、捺（㇏）、折（亅）等幾類，具體在細分達三十多種。（詳見圖三）

一般規則

（1）先撇後捺：人、八、入

（2）先橫後豎：十、王、幹

（3）從上到下：三、竟、音

（4）從左到右：理、利、禮、明、湖

（5）先外後裡：問、同、司

（6）先外後裡在封口：國、圓、園、圈

（7）先中間後兩邊：小、水

筆順及代號	筆畫	名稱	筆畫	名稱	筆畫	名稱
點(1)		點		長頓點		
橫(2)		橫		橫鉤		橫折
		橫折橫		橫折鉤		橫撇
		橫曲鉤		橫撇橫折鉤		橫斜鉤
		橫折橫折				
豎(3)		豎		豎折		豎挑
		豎橫折		豎橫折鉤		豎曲鉤
		豎鉤		臥鉤		斜鉤
		彎鉤				
撇(4)		撇		撇頓點		撇橫
		撇挑		撇折		豎撇
		挑		挑折		捺

圖三

補充規則

（1）點在上部或左上，先寫點：衣、立、為

（2）點在右上或在字裡，後寫點：發、瓦、我

（3）上右和上左包圍結構的字，先外後裡：廳、座、屋

（4）左下包圍結構的字，先裡後外：遠、建、廷

（5）左下右包圍結構的字，先裡後外：凶、畫

（6）左上右包圍結構的字，先裡後外：同、用、風

（7）上左下包圍結構的字，先上後裡在左下：醫、巨、匠、區

這是中國文字基本功，在小學階段都一再強化在教學與練習中，不過，仍有大學生上台報告寫字時，有部分會不清楚，故仍做整理與介紹如上。

四　中國文字加減、堆疊、樹狀等藝術造景

中國文字除了是圖像，更是一個有機的、可變換的部件，可以發展不同的字，延伸不同的文化意涵。因為漢字是在圖畫文字的基礎上發展演變而來的，因此具有形象直觀的特性，一眼望之就能觸發情感和想像，另一種文字堆疊的造景之美產生。

（一）字形加減方程式

例如：「日」和「月」組成「明」字，「女」和「子」組成「好」字；「女」和「又」組成「奴」，「又」是手，在此，還強調是搶劫的手；「人」靠在樹「木」旁，就成為「休」字；「輕」字給人飄浮感，「重」字一望而沉墜；「笑」字令人歡快，「哭」字一看就想流淚；「冷霜」好像散發出一種寒氣，而「幽深」兩字一出現，便似乎進入森林或寧靜的院落。

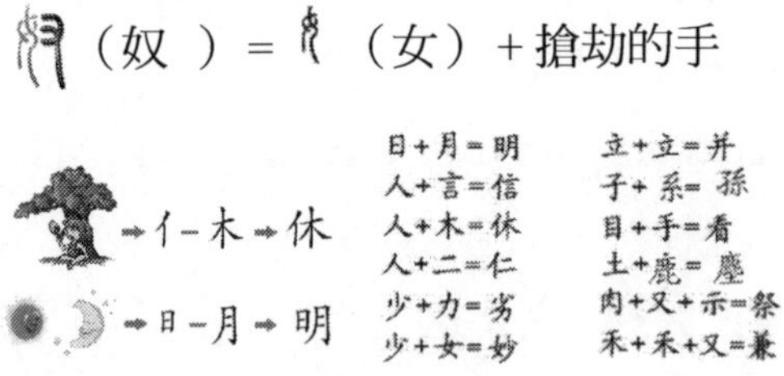

（奴 ）＝（女）＋搶劫的手

→亻－木→休

→日－月→明

日＋月＝明　立＋立＝并
人＋言＝信　子＋系＝孫
人＋木＝休　目＋手＝看
人＋二＝仁　土＋鹿＝塵
少＋力＝劣　肉＋又＋示＝祭
少＋女＝妙　禾＋禾＋又＝兼

（二）字根造字藝術性

中國文字中的形聲字，以字根做基本形音義，再根據不同情形造出許多字，如「戔」為根本字根，造出：淺、踐、錢、盞、箋、賤、棧等字，因為戔有小的意義，所以加上水部，成為淺短的水流；

加上足部，意思是指踏出實踐的一步；加上金，在古代是指貨幣中的錢幣，多半是小額零錢；加上器皿，成為一盞燈具；加上「貝」，最古早以貝類為錢，也是較低的幣值；加「木」是古代山壁旁的棧道，又窄又危險的山壁古道；這些在在表現著中國人造字的智慧；如以「青」為字根，造就出：清、菁、靜、晴等字，音都有「ㄧㄥ」，意義都有「清澈光明」，可真是中國文化深沈底蘊之美。

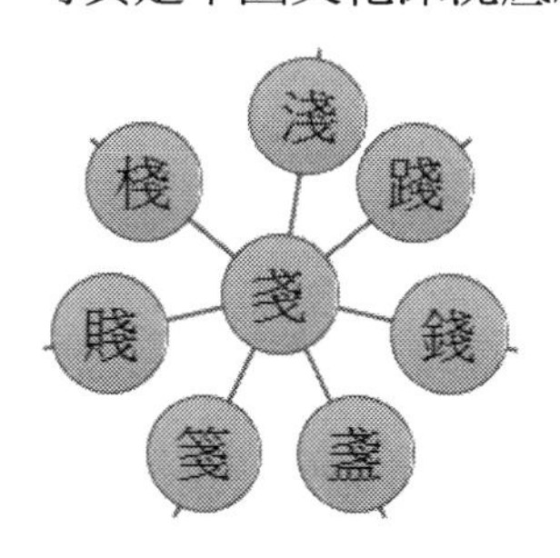

（三）文字樹狀造景

坊間廖文豪教授《漢字樹》的出版，是既具學理根據又能雅俗共

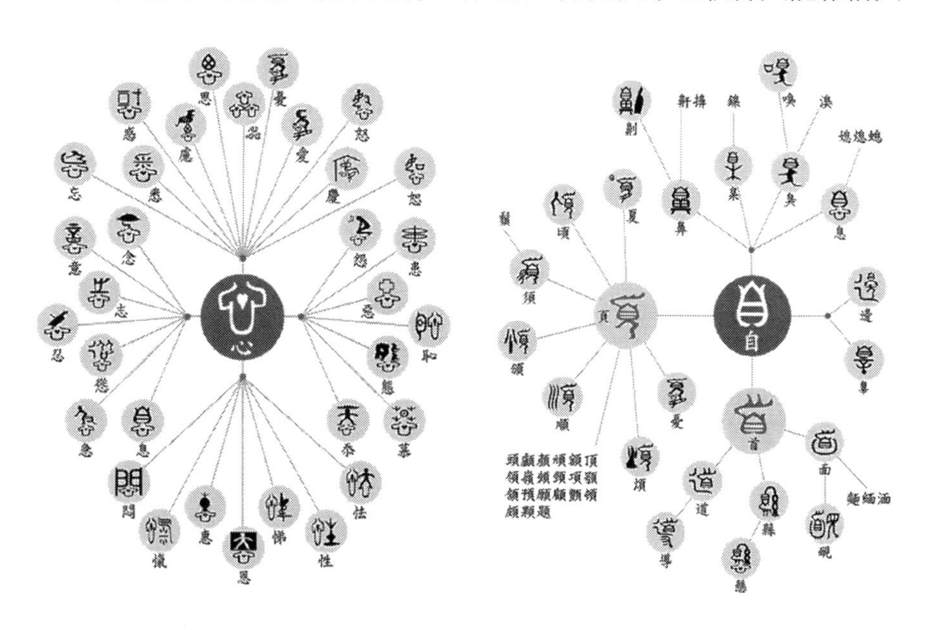

賞，以字根造字的方式呈現漢字之美。

以上中國文字拼形寫意的方式，會比西方拼音文字具有更強的聯想性。如「三點水」邊旁使我們聯想到與液體有關的事物；「挑手」邊旁使我們聯想到與手的動作有關的事物；「豎心」邊旁使我們聯想到與人的各種思想感情有關的事。

（四）音義妙串之家族排列

字音也能引起意義的聯想，即音同而意聯，如：「政者正也，人者仁也，德者得也。」形旁有引起聯想的功能，聲旁也有這種功能。如下例證：

> 碇——定住船隻的石樁；錠——定重量的金屬塊；腚——定身體重量的部位

以上例證：從「定」得聲的字，都有重量意義。據統計，中國文字中有九百多音節相關的近一萬個漢字，都有同音聯想的功能。

民國時代國學大師黃侃（季剛）先生（1886-1935）提出：「形聲字之正例，聲必兼義」黃季剛是在劉師培（1884-1919）「即聲即義」的基礎上，正式提出「形聲字之正例，聲必兼義」之條例，也就是說形聲字的聲符會帶有意義。如下面例證：

> 從「支」得聲：肢、枝、歧都有分支義。
> 從「少」得聲：杪、秒、眇、妙都有微小義。
> 從「囱」得聲：窗、蔥、聰都有中空義。
> 從「侖」得聲：崙、綸、論、倫、輪都有條理義。
> 從「交」得聲：絞、狡、餃、校、跤、咬有糾纏義。
> 從「奇」得聲：倚、寄、畸、騎都有偏斜義。

> 從「皮」得聲：陂、披、破、簸、頗、跛、坡，都有分析或偏頗義。
>
> 同「木」部首的字：柳、樹、松、林、梅、森、楓同為植物族群。
>
> 同「包」部件的字：泡、抱、炮、胞、飽、苞、鮑有卷曲義。

這是中國文字形聲字重大特性，也是學習中文者重要關鍵概念，會舉一反三，習得許多文字的的意涵。

五　中國文字後出轉精典範與開創

（一）傳統字形合體字

傳統過年時有所謂合體字的春聯，合體字原是由多個有意思的中文字合組而成的獨特字體，它沒有讀音，也不能在標準的中文字典或詞典裡找到，但大部分都有「顧字思義」、「一看即明」的外貌，正如傳統中國某組常用合體字「招財進寶」、「黃金萬兩」、日進斗金、孔孟好學……。

近年成語合體字，獨領風騷、獨具一格地在校園中廣為流行，以上四張圖，大家一定一下就猜到：「七上八下、一石二鳥、滄海桑田、愛屋及烏」，這樣四字合體，即是延續傳統合體字而來的。

其實，合體字的源頭是古代大篆、籀文等流傳下來的合體字，如下例：

毳：讀作「萃」，是指毛髮，「毳毛」，指人體表面的細毛，俗稱「寒毛」。

劦：讀作「協」，是協字的初文，有合力、同力的意義。

雥：讀作「雜」，群鳥集中的意義。

毳：讀作「手」，竊賊也，亦作扒，是指扒手。

麤：讀作「粗」，「粗」的異體。一大兩小三頭鹿，緊緊地頂在一起，表達了動粗的意思。

贔：讀作「必」。「貝」就是錢，一上兩下三個「貝」字碼在一起，表示「用力的樣子」。「贔屭」：讀作「必細」，是傳說中一種龍頭龜身的動物，「龍生九子」當中的一個。

惢：一讀作「瑣」，是心疑；一讀作「蕊」，表花蕊。

尛：讀作「麼」，是麼的古字，現代網路年輕人都稱之「三小」有唸作（1）ㄇㄛˊ（2）˙ㄇㄚ（3）ㄇㄚˊ（4）˙ㄇㄜ（5）ㄇㄛˇ等音。

（二）新新人類創新合體字

一個新世代語文創建的時代來臨，新的年輕學子，已經無法侷限在傳統的語文教學環境，新語言、新發展、新字詞，在網路上火速展開，但是，傳統並未因此消失，更多的年輕人，從傳統中找出元素，

雄鷹翱翔

美丽的姑娘

沙悟净

加以更新、創新，成為一個新的創意產業。

合體字，最近成為翻新的年輕玩法。網路中「高登討論區」曾經興起一陣合體字風潮，期間不少網民參與創作，以高登式用語製作了一些富有高登文化色彩的合體字。有些更巧妙地把英文字母融入中文字內，贏得不少網民掌聲。如下：

[illegible]	食屎
[illegible]	收皮
[illegible]	港女

另外，中國大陸一位十九歲的女孩把漢字畫成圖畫，稱做「天竺少女竺仁岑」，名竺仁岑，上海人，現為一名學生，十六歲時，冒著烈日步行近五個小時，推著輪椅上的母親來到電視臺求助，希望能夠通過自己的一技之長，用變形美術字組成圖畫，來換取母親的醫療費。藝術字畫是漢字藝術的一種表現形式，用象形文字設計成動物、

人物、花鳥蟲魚等圖片。

在臺灣，漢字圖像學習有張宏如女士的《漢字好好玩》，已經出到第三輯，也在網路上做華語教學，以漢字象形字學習的方法學，創新的思維構圖，以象形圖像學習漢字，延續了漢字原創的精神，展現畫中有字，字中有畫的漢字精髓。見下圖示：將「首」、「目」、「自」、「耳」、「口」、「面」、「眉」、等字，構成一個臉孔來學得這些字，非常有創意。

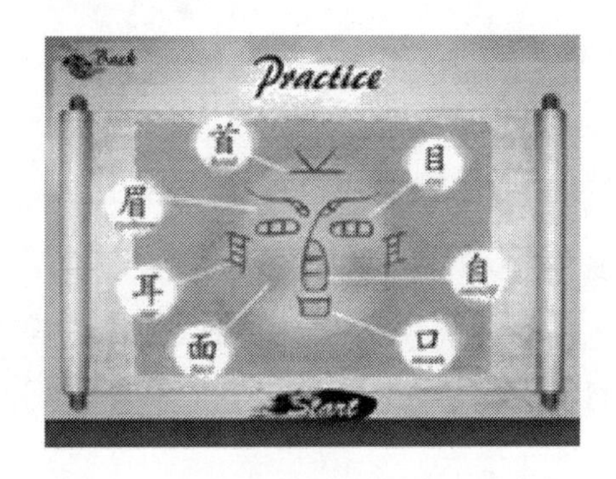

最後，再介紹一個特別意義合體字：𰻞

這字常在西安看到，讀音是「biang」（ㄅㄧㄤ），據說是中國筆劃最多的字，達五十二畫。記住此字的口訣是：

> 一點飛上天，黃河兩頭彎，八字大張口，言字朝進走，你一紐，我一紐，你一長，我一長，中間加個馬大王，心字底，月字旁，畫個杠杠叫馬杠，做個車車到咸陽。

𰻞是什麼呢？是用上等麵粉精製而成，再用醬油、醋、味精、花椒等佐料調入麵湯，撈入麵條，淋上豬油即成。其特點：酸辣鮮香，利濕暖胃，是很地道的秦地風味，就是辣味十足，吃起來十分過癮！

六　結語

中國文字是拼形寫意的漢字，它能超越時間空間，即使是三千多年前的漢字（甲骨文），現在的中國人還能夠看懂。而西方的拼音文字，則無法超越時空，如四百年前的英文，現在的英國人已看不懂了；而不同的民族，在不同的社會、歷史與人文特色下，都會創造出自己所獨有的文化形式和特質，沉澱下來，就形成自己的民族文化。

中國文字在歷史與文化傳承上有其豐富的歷史蘊涵、又是圖像藝術的極致、具有形、音、義三位一體的魅力，又兼有多種變化萬千之形貌；文字又可以有各式各樣變換組合，既可部件拆解，又可合體創新，因此，漢字的魅力一向是所向披靡，可以獨領全球之風騷。

二〇〇八年北京奧運logo設計，就是一個成功的例證，奧運會會徽是「中國印．舞動的北京」，由中國印章、漢字「京」和中國書法書寫的「Beijing 2008」組成，成龍在宣傳影片中打著太極出現這個舞動的「人」字，將創意與研發獨步群倫；二〇〇九年高雄世界運動會也不遑多讓，五彩繽紛的「高」字，也開出炫麗的標誌；另外，歐美藝人或運動選手，紛紛在身上刺上中國字，足見中國文字之魅力。

華語詞彙結構美學

錢奕華*

一　前言

由中國文字的生命力的創發，至今中國的詞彙藝術，例如詩歌、詞曲、戲曲、對聯等等，都是讓現代的你我，仍可以與千年前的古聖先賢們，徜徉在語文的一片天空下，解構文字，建構文辭之美感，共同沉浸在心靈交流之美中。無論是《詩經》、《楚辭》的音律和諧，宋詞之婉約、現代詩之優雅或哲思；生活中，流行歌曲如周杰倫、方文山〈千里之外〉之典雅，蘇打綠樂團吳青峰〈各站停靠〉的古今交錯，詩畫與詩化的語言文句，讓文字曼妙不已，生活顯得錯落有致。

現代社會中，中國文辭在句讀間，舞動著它有獨特的歷史韻律，優美的語感，一跳動的音符，迷人的色彩，滑動出優美的意境。無論是外在形態、音韻格律，或是字義內涵意義的演變傳承，都具有極大的力與美，不單單是中國人語言溝通的載體，不僅僅是中國文化的載體，更是智慧IC的獨造，是傳統、文化、人類智慧共創之「3C」新產品，甚至在人類文明瑰寶庫與智慧庫中，也是獨一無二的鑽石，傳承與訴說著一段段形式藝術美的故事，療癒了世世代代年輕人的靈魂。

以下就中國文辭語彙在生活應用、對聯、對話、中西交流、古今對話、現代歌曲等種種現象一一說明。

* 國立聯合大學華語文學系主任。

二　中國文字與生活應用結合之樂

文字在分分合合之間，加以拆解或排列，可以造成許多不同的趣味，以創作者方文山〈菊花台〉的歌詞為例：「愁莫渡江， 秋心拆兩半， 怕你上不了岸一輩子搖晃。 」在此，歌曲將「愁」上下二分為「秋心」，再映襯作者的心境與情境，蕭瑟的秋心跌宕在水波間搖晃漂流，自是無法上岸，永無出離愁水之上。字的拆解譬況成了心的分裂與傷痛之境，多麼入情入裡。

以中國文字入童謠詩歌，則顯得純樸自然，例如以「青」字根，所創作的童謠，成為純樸愉快的識字歌謠。如下：

〈青字歌〉
大「清」早，天氣「晴」，
「青」草地上有「蜻」蜓。
　　　小「蜻」蜓，大眼「睛」，
飛來飛去忙不停。

「青」、「清」、「晴」、「情」、「蜻」、「睛」這樣的文字組合，充滿了童趣與識字之樂。

古代大詩人蘇東坡，也曾玩過文字的遊戲，寫過一首疊字詩，圖如下。

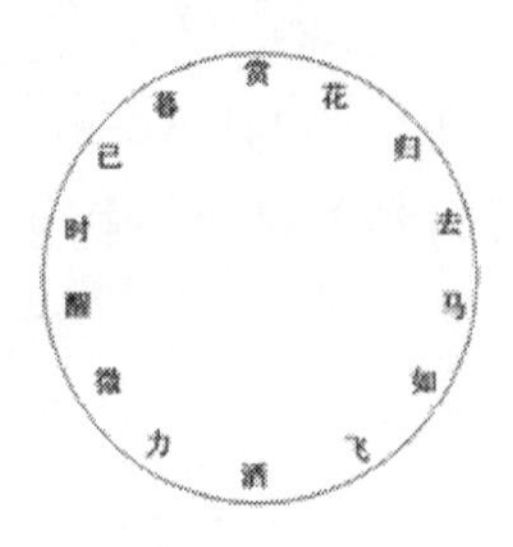

詩的內容是：「賞花歸去馬如飛，去馬如飛酒力微。酒力微醒時已暮，醒時已暮賞花歸。」每四字一重複，最後回繞到第一句，如上圖所示，繞成一圈，甚為特別。

湖南桃花源的詩碑，是古代迴文詩的典範，如下所示：

湖南桃花源诗碑

機	時	得	到	桃	源	洞
忘	鐘	鼓	響	停	始	彼
盡	聞	會	佳	期	覺	仙
作	惟	女	牛	下	星	人
而	靜	織	郎	彈	斗	下
機	詩	賦	又	琴	移	象
觀	道	歸	冠	黃	少	棋

以圖中心的字「牛」為開始，以同心圓的方式呈順時針旋轉，但是第一句句末「佳期」的「期」，去掉「其」用「月」，連接第二句的開始「月下」，同理可用於「詩」→「寺」、「響」→「音」、「移」→「多」、「觀」→「見」、「機」→「幾」、「洞」→「同」。

讀法：

牛郎織女會佳期，月下彈琴又賦詩。

寺靜惟聞鐘鼓響，音停始覺星斗移。

多少黃冠歸道觀，見機而作盡忘機；

幾時得到桃源洞，同彼仙人下象棋。

趣味橫生的詩詞文句之樂，在古代昇平社會，是充滿著無限的生活情趣與文字研究雅趣的。

另外，詩作具有圖像的圖像詩，更是文字運用的極致之作，如唐代著名高僧皎然寫有一首飛雁體詩：

春春

春台日春

春別煙鳥繡春

春有樹隔間山衣春

情風花亂遙草甕輕

聲正得無莫色

名飄須次

傾蕩

此詩讀法是左右開弓斜著讀，呈人字形，猶如雁陣，所以叫飛雁體。應念為：

春日繡衣輕，春台別有情。

春煙間草色，春鳥隔花聲。

春樹亂無次，春山遙得名。

春風正飄蕩，春甕莫須傾。

以上介紹是古人詩歌玩賞的樂趣部分，另外，古人拿來用在語言機鋒者，以文字做針鋒相對、銳利卻不傷和氣的經典對話，也是值得流傳的一段佳話。

傳說歷史上的周瑜與諸葛亮，兩人有一段精彩的經典對話。

周瑜十分嫉妒諸葛亮的才智，總想找藉口殺他。在一次宴會上，周瑜對諸葛亮說：「孔明先生，我吟首詩你來對，對出來有賞，對不出殺頭問罪如何？」諸葛亮從容笑道：「軍中無戲言，請都督說。」

周瑜大喜，開口便道：「有水便是溪，無水也是奚，去掉溪邊水，加鳥便是雞；得志貓兒勝過虎，落坡鳳凰不如雞。」諸葛亮聽罷，隨口便道：「有木便是棋，無木也是其，去掉棋邊木，加欠便是欺；龍遊淺水遭蝦戲，虎落平陽被犬欺。」

周瑜一聽，沒法子修理他，心中大怒，但又礙於有言在先，便只好不發作，又出一句：「有手便是扭，無手也是丑，去掉扭邊手，加女便是妞；隆中有女長得醜，百里難挑一個醜。」諸葛亮聽了知道這話是在嘲笑自己的夫人黃阿醜長得醜，便立即應道：「有木便是橋，無木也是喬，去掉橋邊木，加女便是嬌；江中吳女大小喬，曹操銅雀鎖二嬌。」

周瑜知道這話是在奚落自己的夫人，此刻怒髮衝冠，正想發作，劍拔弩張之時，魯肅在一邊和了句：「有木便是槽，無木也是曹，去掉槽邊木，加米便是糟；當今之計在破曹，龍虎相鬥豈不糟！」詩罷，眾人一齊喝彩，讚美魯肅的急智。周瑜見魯肅這般調解，只好無奈地收場，這段魯肅化干戈為玉帛，運用吟詩對句的做法，一直流傳在中國的歷史上。

大陸傳說一則笑談，說略有文才的薄熙來也熟知這段經典對話，他趁上北京面見胡主席之便，公然吟詞挑戰胡主席：「有水便是湖，無水也是胡，去掉湖邊水，加米便成糊；無才無德無威望，糊里糊塗胡錦濤。」就這樣，激怒了胡錦濤，無言以對，最終：下令逮人。

以上是古代詩詞吟對之樂，也是文字詞彙在歷史傳統上結合生活與應用的樂趣，更是歷史文化的經典之美。

三　字詞的對話與對聯之趣

除了歷史傳統的傳承與變化，在日常生活運用中，文字語詞一變而成為有趣的中國字對話，拆字如下：

日對曰說：「你該減肥了。」
井對丼說：「超音波檢查出你有膽結石！」
熊對能說：「窮成這樣！四個掌全賣了？」
口對回說：「懷孕這麼久了，也不說一聲。」
臣對巨說：「裝潢一下，可多兩個房間。」
旦對但說：「膽小鬼！出門還要請保鏢。」
果對裸說：「你穿了衣服還像沒穿一樣！」
王對皇說：「當皇帝有什麼好？你看，頭髮都變白了。」

文字有這般有趣的變化之妙，實在是我們中國文化的寶庫。

另外，中國文字最經典最獨具特色的就屬對聯，不僅適用於年節，連英語補習班大門都有「美語中趣味無窮」、「生活裡融會中西」的上下聯；又如目前大學生，通常都有學習壓力過劇，嚴重憂鬱症現象，於是對聯有云：上聯：「上課一排全睡，魔獸通宵不累，遊戲玩到欠費」；下聯：「抽菸打牌全會，翹課成群結隊，考試基本不會」。橫批：「大學真累」。

校園中的對聯文化，更是各顯神通，學校內有一對教授即將舉行婚禮，各系所又為了表現自己的長才，紛紛摩拳擦掌，寫上對聯祝賀新人，以增添喜慶氣氛的話。

政治系則是，上聯：「一上一下並非政黨輪替，共創和諧社會」。下聯：「幾進幾出不是街頭抗爭，造就一代新人」。橫批：「生命在於運動」。

中文系寫的是，上聯：「執子之手與子偕老」，下聯：「鳳凰于飛花開並蒂」。橫批：「直搗黃龍」。

數學系則是，上聯：「開括號解平方只為求根」，下聯：「插直線穿圓心直達終點」，橫批：「0大於1」

歷史系則寫，上聯：「夜襲珍珠港美人受驚」，下聯：「兩顆原子彈日德投降」，橫批：「二次大戰」。

最後的是中醫系，上聯：「龍骨一根，退燒、止癢、生津」，下聯：「陳皮二片，消腫、化痰、解渴」，橫批：「一日見效！」

學生們看這對教授，婚後在愛的世界中，如魚得水，學術、愛情兩有成時，學生感嘆自己孤家寡人，鬱鬱不得志，於是寫下：

上聯：我愛的人名花有主

下聯：愛我的人慘不忍睹

橫批：命苦

這些都是對聯深植在文化中的個個妙筆生花之情形，可以看出中國風土民情的文化特色，對聯在時光流轉中，仍居屹立不搖之姿。

四　中西交流古今對話之妙

更特別的是，現在連外國人都學上咱們老祖宗的智慧了，一位老外竟然用英文寫了一幅中國對聯，諷刺中國政府。上聯是：「subway, railway, highway, way way to die」，下聯是：「officer, announcer, professor, sir sir to lie 」，橫批是：「Welcome to China」。

中國文字運用之妙，可謂極致矣！除了老外，現在的年輕人也不追多讓，國文老師出題，非常強又牛的回答。

1.「床前明月光」，下一句同學填「李白睡的香」。

2.「三個臭皮匠」，下一句他竟然填「味道都一樣」……批卷老師立即薰得暈倒了……

3. 陶淵明的「不為五斗米折腰」，那同學斗膽的寫「給我六斗就可以」。

4.「窮則獨善其身」，下一句同學填「富則妻妾成群」。

5.「天若有情天亦老」，下一句「人若有情死的早」。

6.「葡萄美酒夜光杯」，下一句「金錢美女一大堆」。

7.「想當年，金戈鐵馬」，下一句「看今朝，死纏爛打」。

8.「洛陽親友如相問」，同學對「請你不要告訴他」。

9.「兩情若是長久時」，同學對「該是兩人同居時」。

10.「書到用時方恨少」，同學對「錢到月底不夠花」。

11.「清水出芙蓉」，有人寫「亂世出英雄」。

12.「問君能有幾多愁」，同學填「恰似一壺二鍋頭」。

13.「日照香爐生紫煙，李白來到洗手間，小李飛刀一瞬間，李白頓成小太監」。

以上種種，不但創意十足，笑翻一群老骨頭們，也氣死一堆國文老師了，但是，笑談之餘，仍感受到年輕人求新求變的創意之舉。

五　現代歌詩跳躍之美

這是一個多元創新的時代，我們在這一代流行的創作中，發現到詩作二元對立的建構與解構，有敢做自己、特立獨行的詭異肛門詩作，強調著「精神分裂，既溫柔又噁心，既抒情又下流。」（丁威仁《實驗的日常・自序》）也有如蘇打綠樂團吳青峰寫的新格律的歌詩：

花　一朵交織完美的花 變成半開枯萎的花　怎麼插
花　凋謝換來一臉尷尬　不如趁早泡成一杯杏仁茶
怕…怕…怕…怕…怕…怕…怕…怕…
給你…給你…給你…給你…給你…給你…給你…
給你…給你…給你…給你…給你…給你…給你…（〈花茶〉）

大量疊字顛覆了我們傳統排列對仗的習慣，其中〈各站停靠〉的古今交錯，中西交融更是別具特色。

（第一段）

昔者莊周夢為蝴蝶，栩栩然蝴蝶也，自喻適志與，不知周也。俄然覺，則蘧蘧然周也。不知周之夢為蝴蝶與？蝴蝶之夢為周與？——莊子〈齊物論〉

（最後一段）

我期待夢醒的時候，要做一隻順應快樂的蝴蝶。
Elle a dit：[m]（她說 /m/
Elle a dit：[n]　她說 /n/
Elle a dit：[m]　她說 /m/
Elle a dit：[n]　她說 /n/
Elle a dit：[z]　她說 /z/
En suite, elle a dit：[pok] 然後，她說 /pok/
A la fin, elle a dit：[ch] 最後，她說 /ch/）——引自夏宇〈被

動〉（Salsa,1999）

這首〈各站停靠〉主角是「做夢變成人，又看到自己飛來飛去」的蝴蝶，直到化身為人，才驚覺「當我還是蝴蝶的時候，我不知道自己如此地快樂。」全歌由莊周夢蝶的典故開端，穿插夏宇以法文朗讀張愛玲好友炎櫻的一段話，後現代的方式，打破傳統歌曲格式，編曲以「La So Fa Mi Re Do」半吟半唱，在混聲交錯中，呈現錯綜的和諧美。

這樣跳躍的思考，語言全然陌生的風格，加上意義的不同詮釋，莊周夢蝶，變為夢蝶說莊，歧出的意義解構，衝破傳統的桎梏，呈現心靈的絕對自由，形式音樂的吟唱風格，真有一番文辭革命之勢。

六　結語

這是一個新時代，是一個超乎想像的文字創發心靈的時代，中華文化是古文明中唯一能運用文字繼續延續與發展的寶石，文字是文明文化的載體，是歷史活化石的記憶沉澱，它獨有的光芒下，現階段正歷經輝映其他族群文句，匯流而成獨一無二的魅力與磁性，遊唱讚嘆著時空思考的跳躍對話，將文明衝擊突顯出語言的陌生與歧異，成就一個心靈絕對自由創作之美的時代。

跋

談到國語文的學習，自然離不開閱讀的活動，也就是在學校推行及輔導語文閱讀教學方面的一些課題。這些年來臺灣從中央到地方，各級學校，各地圖書館，或一些私人文化機構無不在大力推廣閱讀方面的活動。例如兒童閱讀、深耕閱讀、閱讀教師或讀書會等。而我曾經負責教育部國語文輔導方面的工作，參訪各縣市的中小學圖書館及閱讀推廣情形。大致上來說，大家都很用心經營這一塊，無論學校的閱讀環境、圖書選購、分類及規劃等，都能按照學齡程度作妥善設計，閱讀環境空間也清靜幽雅。

其實閱讀的培養應該從小開始，尤其是小學幼稚園時候就應培養，至於閱讀的重要在哪？

如果從建構知識的基礎來看，世界各國沒有不重視閱讀的，道理很簡單，當世界進入知識世紀，一切的競爭與價值都以知識為主，且一切知識的基礎就是從閱讀開始，胡適說過的「要怎麼收穫，先怎麼栽。」可以說明這點。

閱讀對於知識的汲取，語文能力的培養，心智的熟成，都有莫大的幫助和提升，所以《國文天地》月刊，在年前曾規劃一系列的國語文閱讀與能力增進專輯，邀請大學中文系及國高中相關領域的教授及老師們提出寶貴教學經驗及心得，集中主題撰寫論文，發表後頗得大家的迴響。

為了讓更多的讀者同好易於收存參考，現將這些論文重新編輯為〈閱讀與教學〉、〈閱讀與寫作〉、〈閱讀與理解〉及〈華語文文化〉四個單元，使主題集中明確，便於參考。

以上僅簡略說明本書的編輯經過，同時也闡明了我們為國語文閱讀這塊園地略盡棉薄之力，最後要感謝萬卷樓應允出版，陳滿銘教授在百忙中為本書寫序及吳家嘉小姐的費心校對編輯。

余崇生

語文教學叢書 1100014

國語文學習新思考

主　　編　余崇生
責任編輯　吳家嘉
特約校稿　林秋芬

發 行 人　陳滿銘
總 經 理　梁錦興
總 編 輯　陳滿銘
副總編輯　張晏瑞
編 輯 所　萬卷樓圖書股份有限公司
排　　版　游淑萍
印　　刷　百通科技股份有限公司
封面設計　菩薩蠻數位文化有限公司

發　　行　萬卷樓圖書股份有限公司
臺北市羅斯福路二段 41 號 6 樓之 3
電話 (02)23216565
傳真 (02)23218698
電郵 SERVICE@WANJUAN.COM.TW
大陸經銷　廈門外圖臺灣書店有限公司
電郵 JKB188@188.COM
香港經銷　香港聯合書刊物流有限公司
電話 (852)21502100
傳真 (852)23560735

ISBN 978-986-478-027-3
2018 年 4 月初版二刷
2016 年 9 月初版
定價：新臺幣 360 元

如何購買本書：
1. 劃撥購書，請透過以下郵政劃撥帳號：
帳號：15624015
戶名：萬卷樓圖書股份有限公司
2. 轉帳購書，請透過以下帳戶
合作金庫銀行 古亭分行
戶名：萬卷樓圖書股份有限公司
帳號：0877717092596
3. 網路購書，請透過萬卷樓網站
網址 WWW.WANJUAN.COM.TW
大量購書，請直接聯繫我們，將有專人為您服務。客服：(02)23216565 分機 10

國家圖書館出版品預行編目資料

國語文學習新思考 / 余崇生主編. -- 初版. --
臺北市 : 萬卷樓, 2016.09
　面 ;　公分. -- (語文教學叢書 ; 1100014)
ISBN 978-986-478-027-3(平裝)

1.漢語教學 2.語文教學

802.03　105016498